BBULMEDIA

http://www.bbulmedia.com

http://www.bbulmedia.com

언령의 주인

BBULMEDIA FANTASY STORY

언령의 주인

2

목차

1.
슈퍼스타

'불편하군……'

등교하는 버스에 올라탄 현우의 첫 감상이었다.

그리고 그 감상은 단순히 서서 가는 현우가 본인의 몸을 감당 못 해 이리저리 흔들리는 탓이 아니었다.

박성빈과 정찬수, 그리고 이성희와의 사건이 있은 지도 일주일.

현우는 자신도 모르는 새에 학교 최고의 유명인사가 되어 있었다.

뭐, 본래도 전교 최악의 인물로 알음알음 유명세를 타고 있긴 했다. 하지만 지금은 눈을 떠보니 스타가

되어 있다는 말이 진심으로 와 닿을 만큼 어마어마한 인기(?)를 체감하는 중이었다.

물론 아직까지도 현우에 대한 선입견을 벗지 못한 부류부터, 학교에서 일주일 내내 떠드는 이성희의 말 자체를 허풍이라 생각하는 이들까지 다양한 사람이 있긴 했다. 하지만 사건 당사자 중 가해자 쪽은 소리 소문 없이 사라진 데다 피해자의 말을 뒷받침하는 여러 근거가 점차 더해짐에 따라, 사실상 대부분은 현우에 관한 일화를 사실로 받아들이고 있었다.

'그래도 이렇게 대놓고 쳐다보는 건 부담스러운데……'

만약 이곳이 공공장소가 아니었다면, 그리고 현우의 외모가 눈에 띄게 기괴하고 주변 사람을 차단하는 듯한 싸늘한 기운을 흘려내지 않았다면, 아마 현우는 지금쯤 이 시선의 주인공들에게 둘러싸여 있어야만 했을 것이다.

특히나 이렇게 현우에게 열광하는 이들 대부분은 현우를 상대적으로 '덜' 겪어본 후배들, 그중에서도 어린 소녀들이었다. 때문에 현우는 이 현실 속 영웅담에 환상을 잔뜩 품고 있는 그녀들이 폭주할 시 무슨 일이 있을지 상상만으로도 두려웠다.

'다행히(?) 그런 여자애들 중에서도 나를 극렬히 혐오하는 부류가 있어 조금 억제가 되는 것도 같지만……'

분명 현우에 대해 겪어본 일이 적은 후배들이었다. 하지만 개중에도 직접 현우를 겪어본 이들은 분명 있었고, 그렇기에 그를 혐오하는 부류 또한 존재했다.

비록 그 규모는 크지 않아도 그 혐오 수준이 현우와 같은 반을 겪어본 이들 못지않을 뿐 아니라, 그들의 리더가 워낙에 강력한 인지도를 가진 만큼 그 위력이 남달랐다.

'후후… 영영 도움 될 리 없다고 생각한 동생에게서 의외의 도움을 받는군.'

현우는 작게 미소 지으며 얼마 전부터 얼굴조차 마주치지 않는 동생을 떠올렸다.

이전에는 현우의 지갑을 탐내거나 스트레스를 풀러 꽤 자주 찾아왔던 김예린이었지만, 현우가 인지하지 못하는 새 갑자기 발걸음을 뚝 끊은 그녀였다.

어쨌거나 그런 그녀가 최근 열을 올리고 있는 것은 현우에 대한 악담을 하며, 현우에 대해 알려진 많은 환상을 축소시키는 것이었다.

그녀는 학교에서 현우와 관련이 없는 척하고 있었지만 현우에 대해 퍼져 나가는 기묘한 소문에 '불쾌감'을 참지 못했던 듯싶었다.

물론 아직도 오빠, 동생 관계임을 부정하고 있긴 했다. 하지만 이번 일에 적극 개입하기 시작한 그녀는 몇 년간 직접 현우를 겪어본 자신의 경험담을 '아는 사람'의 이야기로 바꿔 실감나게 떠들어댐으로써, 작은 소문에도 쉽게 설왕설래하는 어린 소년 소녀들의 정신을 휘두르고 있었다.

그녀를 중심으로 그녀와 친한 친구들, 그녀의 추종자 몇으로 이루진 소규모 무리인지라 그 효과가 퍼져 나가는 소문의 속도를 따라잡진 못했다. 하지만 과도한 환상이 심어지는 것에 대해선 철저히 막아주고 있었다.

'그래도 아직 이 정도라니…. 조금 더 거칠게(?) 나와 줘도 괜찮을 텐데…….'

김예린이 그렇게 열심히 활약을 함에도 그에게 감지되는 수많은 시선의 수는 주말을 거치고 더 늘어났기에 동생의 활약(?)이 못내 아쉬운 현우였다.

아직 학교에 도착하려면 몇 정거장을 더 거쳐야 하건만, 벌써부터 자신을 알아보는 따가운 시선들을 느끼며 멍하니 창밖을 응시했다.

그리고 얼마 뒤.

현우가 탄 버스가 또 다른 정거장에서 사람을 태우곤 출발하려 할 때였다.

"잠깐…! 잠깐만요!"

'……?'

꽤나 멀리서부터 달려오는 여학생이 버스의 창문을 통해 보였다.

한눈에 봐도 출발하려는 버스를 잡기에는 역부족으로 보였지만, 그 달려오는 기세가 심상치 않아 보였다.

그리고 무엇보다도…….

"잠! 깐! 만! 요!"

기차화통이라도 삶아 먹은 건지 그 멀리서도 우렁차게 들려오는 목소리는 액셀을 밟아가던 버스기사의 발을 멈칫하기에 충분했다.

그리고 그 잠시간의 멈칫거림이 여학생을 구제했다.

다다다다닥!

"아저씨, 저 태워주세요!"

도대체 얼마나 빨리 달려온 것인지 눈 깜빡할 사이 버스 옆구리까지 다가온 여학생이 버스 문을 두드렸다.

꽤나 몰상식한 행동이고, 출발하려는 차 옆에 들러붙는 것 자체가 위험한 행동이었기에 버스기사가 반드시 문을 열어줄 필요는 없었다. 하지만 여학생의 목소리가 굉장히 간절한 탓인지, 아니면 저 멀리서부터 버스까지 순식간에 달려온 경이로움에 대한 보상인지 잠시 멈칫하던 버스기사의 손이 움직였다.

치이익!

그렇게 열린 문을 통해 올라오는 여학생은 산발한 머리를 손으로 정리하며 연신 버스기사에게 인사를 했다.

"감사합니다. 감사합니다, 아저씨!"

"…그, 그래요. 다음부턴 늦지 않게 와요."

"네!"

조금 전 여자애의 행동은 현우의 바름 기준에서 굉장히 벗어난, 몰상식한 행동이었다. 때문에 인상을 찌푸리고 있던 현우였다.

하지만 버스기사에게 인사한 직후, 꽤 많은 사람들이 보고 있는 가운데 고개를 숙여 인사하는 여학생의 모습을 보며 현우는 인상을 풀었다.

비록 잘못된 행동을 하긴 했지만 자신의 잘못을 알고 사과하는 행동을 한다면 현우로서도 딱히 기분 나빠 하거나 추궁할 이유가 없었다.

'그나저나 굉장히 발랄한 여자아이로군.'

근래의, 단순히 자신들의 무리끼리만 시끌벅적한 여자애들과는 크게 달랐다.

마치 특별한 사람들에게서 느껴지는 아우라처럼 그 애의 주변에 꽤나 활기찬 기운이 감돌았다.

'마나… 수련을 한 것 같지는 않고… 타고난 기질 같군.'

사람에겐 누구나 그 자신만의 분위기가 있었다.

물론 대부분의 사람들은 그런 기질이 밖으로 표출될 만큼 두드러지는 경우가 드물다.

뿐만 아니라 그들이 타고난 기질과 상관없이 시간이 지나며 사회에 동화되기 때문에, 비슷비슷한 분위기를 가지게 되곤 했다.

하지만 조금 전 버스에 탄 여학생의 경우 근래엔 보

기 힘든 밝고 명랑한 분위기를 지니고 있었다.

'흡사 어린애 같군.'

저러한 분위기의 인물을 현대에 보기 힘들다곤 했지만, 그건 어느 정도 나이가 찬 인물들을 기준으로 했을 경우였다.

아이들의 경우, 예전 칼롯 코즈너의 세계와는 비교할 수 없을 만큼 턱없이 적지만 분명 발랄한 기운을 풍기는 애들이 많았다.

'갈고닦는다면 꽤 괜찮은 인물이 되겠어.'

인간의 기질은 일종의 재능과도 같았다.

그들이 풍기는 분위기는 각자의 능력을 대변하기도 하며, 그것만으로도 특이한 힘을 내는 원천이 되기도 했다.

그중에서도 어린애와 같이 구김살 없는 분위기는 남들로부터 무언가를 흡수하는 흡인력이 강한 기질이었기에, 많은 것을 담고 활용하는 게 가능했다.

만약 칼롯 코즈너의 세상에서 태어났다면 칼롯 코즈너 본인도 욕심냈을지도 몰랐다.

비록 언령술에 어울리는 기질은 아니지만 남들의 가르침을 받아들이기 쉬운 타입인 만큼, 잘 두고 가르

친다면 고등의 마법 지식 등 현우의 지식 일부를 전승하는 역할도 할 수 있었을 것이다.

'물론… 마법에 특화된 체질은 아니지만 말이지.'

아까 한차례 확인했다 시피 여학생에겐 마나의 소질이 거의 느껴지지 않았으니 말이다.

어쨌거나 그렇게 시선이 끌린 김에 여자애를 조금 더 자세히 관찰하던 현우에게 몇 가지 눈에 띄는 점들이 들어왔다.

'1학년… 김예린과 같군.'

여자애의 몸에 딱 맞춘 탓인지, 아니면 그걸 소화하는 여자애의 몸매가 워낙 뛰어난 탓인지 처음엔 같은 학교 교복이라고 생각도 못했다.

하지만 자세히 보아하니 같은 학교 학생 중 1학년인 듯싶었다.

그사이 발랄한 기질이 버스의 분위기를 바꾼 탓인지, 버스 안의 많은 남성 승객이 어렴풋이 아빠 미소를 짓고 있을 때였다. 산발한 머리에 가려 있던 여학생의 얼굴이 드러났다.

"으음……."

꾹 다물고 있던 현우의 입술 사이로 침음성이 흘러

나왔다.

예쁘게 정돈된 눈썹과 그 바로 밑으로 위치한 동그
랗고 커다란 눈, 미남 미녀의 가장 중요한 조건이라는
오뚝하게 솟은 콧날, 그 밑에 자리해 함박웃음을 지어
보이는 입술… 그리고 웃음에 매력을 더하는 깊은 볼
우물까지.

단순히 예쁘다는 말 하나로 표현하기 힘든, 정말 아
름답다는 말이 누구에게 어울리는 것인지 보여주는
그런 외모였다.

뿐만 아니라 몸에 잘 맞는 교복은 얼굴만큼이나 잘
빠진 몸매와 더불어, 단순히 짧게 줄여 몸매를 드러낸
교복과는 다른, 청순한 매력을 더해주고 있었다.

'…보기 드문 미모로군. 귀가 조금만 길었다면 엘
프의 혼혈이라고 해도 믿겠어.'

세세한 부분을 따진다면야 차이가 꽤 있을 테지만,
겉으로 보이는 여학생의 모습은 칼롯 코즈너의 세상
에서 봐왔던 엘프와 크게 다르지 않았다.

그렇게 버스 안 많은 이들을 혼란에 빠뜨린 여학생
은 요금을 내고 돌아서다 흠칫, 몸을 떨었다.

그도 그럴 것이 버스 안 모든 남자들이 입을 벌리고

그녀를 쳐다보고 있으니 놀라지 않는 게 이상했다.

여학생은 모두의 주목을 받는 이 상황이 부끄러운 건지 새하얀 피부를 붉게 물들이더니 고개를 숙이곤 근처 좌석에 털썩 주저앉았다.

그리고.

벌떡!

"죄, 죄송합니다."

"아, 아닙니다. 크흠."

아까도 말했다시피 이미 북적거리는 상태였던 이 버스에는 앉을 수 있는 자리가 없었고, 여학생이 앉은 곳은 정확히 말해 버스의 좌석이 아닌 버스 좌석에 앉아 있던 한 회사원의 무릎 위였다.

여학생은 당황한 모습으로 연신 그 회사원 아저씨에게 사과를 했지만 상대는 괜찮다면서 오히려 여학생에게 자리에 앉으라고 옥신각신하기 시작했다.

'재밌는 아이로군.'

근래에 본 사람들 중 가장 활기가 넘치는 인물이 아닐까 싶었다.

집에서야 말할 것도 없고 학교에서야 현우가 지나가면 그 자리는 잠시 동안 활기는커녕 대화 자체가 사라져버리니, 생각해보면 저런 생기 있는 모습은 남녀를 불문하고 처음 보는 모습이었다.

'물론 최근엔 활기가 사라지는 게 아니라 묘한 열기가 오르는 경우가 많지만……'

언뜻, 열기와 활기는 모두 사람의 기운을 끌어올리는 듯하지만 현우 주변의 열기는 지금처럼 주변을 밝게 하는 게 아니라 현우를 집중적으로 불편하게 만드는 종류에 속했다.

'생각해보면 다른 세상에서도 저런 인물을 본 경우는 드물군. 마법 연구한다고 틀어박혀서 사람들은 잘 안 만났고… 다들 내 앞에선 예의를 차린답시고 교양 있는 모습만 보였으니까.'

그곳 귀족들의 교양 있고 기품 있는 모습이 딱히 보기 안 좋은 모습은 아니었다. 하지만 한창 뛰어놀 시기의 귀족가 아이들도 현우만 다가가면 깊이 고개 숙여 인사했으니, 현우는 아이들이 불편할까 봐 아이들 주변에는 잘 가지도 않았었다.

그런데 아이들이나 보일 법한 활기찬 모습을 정말 오랜만에 이런 버스에서 보니 현우는 꽤나 기분이 좋았다.

하지만 그것도 잠시.

– 삑! 학생입니다.

– 삑! 학생입니다.

– 삑! 학생……

조금 전 여학생이 탔던 정류장을 기점으로, 멈춰 서는 정류장마다 꾸역꾸역 사람들이 올라타기 시작했다. 근처 학교의 학생인 듯한 많은 수의 남학생들이 우르르 몰려 타는 것을 마지막으로, 학교에 도착하려면 꽤 거리가 남은 상황에서, 버스가 포화상태에 이르고 말았다.

그리고 이건 사람 많은 곳을 반기지 않는 현우에게 있어 굉장히 곤욕스러운 일이었다.

처음에는 다수의 사람이 현우에게 향하는 시선을 가려준다는 생각에 크게 나쁘지 않았다. 하지만 이렇게 옴짝달싹 못하게 된 이상, 현우뿐 아니라 다른 사람들도 곤욕스럽긴 마찬가지였다.

'몸이 마른 게 그나마 위안이 되는군……'

평범을 한참 밑도는 현우의 신체 둘레는 다행인지 불행인지 사람들 사이에서도 상대적으로 원활한 면이 있었다.

뭐, 그렇다고 한들 달리는 버스에서 크게 움직일 일이 없으니 별 도움이 되긴 힘들었지만, 숨쉬기도 어려워 보이는 다른 사람들을 보면 한결 위안이 되는 부분이었다.

'다음부터는 더 일찍 나와야겠군.'

본래 평범한 시간대에 학교에 가는 현우였지만 최근 다른 학생들의 시선이 불편해서 오늘은 아예 아슬아슬한 시간에 버스를 탄 참이었다.

하지만 지금 상황을 보건대, 당장 내일부터는 아예 일찍 학교에 가는 게 나을 듯싶었다.

'30분 정도? 아니, 내일은 비가 올 거라고 했으니 대중교통 이용자가 많을 터… 그럼 조금 더 일찍…….'

그렇게 벌써부터 내일 일을 계산하고 있던 현우는 남들보다 큰 키 탓에 높은 곳에 시선을 두고 있다가 한 가지 특이점을 포착할 수 있었다.

'왜 저곳만 공간이 있지?'

그리 넓지는 않았지만, 조금 전 마지막으로 버스를 채웠던 다른 학교의 남학생들 사이에 한 사람이 여유 있게 설 수 있을 만큼의 공간이 있었다.

버스의 상황을 생각해 봤을 때 막상 실제 공간은 예상보다 적을 가능성이 높았지만, 평균 남성의 반토막만 한 몸 두께를 가진 현우라면 저곳에서 편안히 갈 수 있을 것 같았다.

'조금만 움직이면 갈 수 있을 것 같은데……'

현우의 눈에 한 번에 띄었을 만큼 마침 거리도 얼마 되지 않아 조금만 몸을 비틀면 저 자리로 갈 수 있을 것 같았다.

그리고 때마침.

덜컹-!

버스가 격한 움직임을 보이며 버스에 탄 사람들이 좌우로 크게 흔들렸다.

'지금!'

비록 사람들 틈새를 억지로 비집고 들어갈 만한 힘은 없었지만, 순간적으로 열린 공간을 파고들 만한 감각과 체구는 넉넉히 가지고 있는 현우였다.

스스슷!

흔들림에 신음하는 사람들 사이로 마치 녹아든 듯 리드미컬한 움직임을 보인 현우는 순식간에 원하던 목적지에 닿을 수 있었다.

하지만.

'조금만 더…….'

턱!

그렇게 빈 공간을 향해 몸을 비틀던 현우는 빈 공간이 코앞에 닿을 무렵이 되자 갑자기 자신을 막아서는 무언가에 몸을 부딪쳤고, 이내 현우의 가슴을 강하게 밀어내는 손길에 아래에 시선을 돌리지 않을 수 없었다.

'이런, 안에 사람이 있는 거였군.'

시선을 위에서 아래로 돌리자 여태껏 빈 공간이라고 생각했던 곳에 여학생인 듯 긴 생머리의 작은 머리통이 있음을 알 수 있었다.

주변에 서 있는 남학생들의 키가 커서 상대적으로 작은 여학생의 모습이 보이지 않았던 것이다.

현우는 자신을 막아선 손길이 꽤나 거칠어 기분이 나쁘긴 했다.

하지만 이렇게 좁은 버스 안에서 자리도 없는 곳에 억지로 몸을 들이민 것은 명백한 현우의 잘못이었으니, 상대방 역시 기분이 나빴으리란 생각에 일단 사과를 하기로 마음먹었다.

그리고 그때.

남학생들 사이에서 고개를 아래로 향하고 있던 여학생의 머리가 하늘을 바라봤다.

붉어진 얼굴과 눈물이 그렁그렁한 눈으로 허공을 올려다보던 여학생의 시선과 아래를 내려다보던 현우의 시선이 마주쳤다.

'아까 그 여자애군.'

아까 생기 있는 모습으로 버스의 분위기에 활력을 더하던 여학생이었다.

이렇게 현우가 여학생이 누구인지 인식할 때쯤이었다. 눈이 마주쳤던 여학생이 살짝 몸을 떨고는 분한 듯, 하지만 어쩔 줄 몰라 하는 표정으로 아랫입술을 깨무는 것이 보였다.

그리고 그와 동시에 현우의 눈에 들어오는 것이 있었다.

스륵─.

자신을 가로막은 손이 있는 방향에서 몸을 틀어 그 손을 떨어뜨린 뒤, 현우의 팔이 기민하게 움직이며 인간 벽을 세운 남학생들 사이를 파고들었다.

그리고.

꽈아악!

"아, 아아!"

현우의 손아귀에 손이 잡힌 한 학생이 고통스러운 비명을 지르며 몸을 뒤틀었고, 순식간에 버스 안의 모든 시선이 그 학생을 향했다.

"아, 아아아! 무, 무슨 짓이야! 이거 놔!"

"네 녀석이야말로 뭐 하는 게냐?"

현우는 앞의 여학생이 입술을 깨물며 몸을 떨던 순간, 그녀의 치맛자락이 부자연스럽게 들썩이는 것을 놓치지 않았다.

그리고 사람들 사이에서 옴짝달싹도 못하는 여학생의 치마가 비정상적으로 움직일 이유에 대해 생각하고 답을 내기까지는 오랜 시간이 걸리지 않았다.

그렇게 상황을 알아챈 현우는 지체하지 않았고, 그 결과 여학생의 엉덩이 부근을 배회하던 손 하나를 잡아챈 것이다.

그리고 결과는 지금과 같았다.

"뭐, 뭔 소릴 하는 거야! 이거 못 놔?"

소란이 벌어지자 이 미어터지던 버스 어디서 그런 공간이 나왔는지 현우와 남학생을 두고 공간이 생겼고, 현우는 발뺌하는 남학생에게 말했다.

"방금 이 애의 엉덩이를 만지는 걸 봤다."

"무, 무슨! 증거 있어? 그냥 버스에 사람이 많아서 손이 닿은 것뿐이야!"

아까 여학생의 상태를 떠올려 보건대 분명 현우가 보기 전부터 계속 치한을 당하고 있었음이 분명했는데도 불구하고, 눈앞의 녀석은 뻔뻔하게 증거를 묻고 있었다.

하지만 실제로도 '증거'는 보여줄 수 없었다.

현우가 탄 버스는 마나를 기반으로 구동하는 전기차로, 일반인은 알기 힘든 여러 장치며 고화질의 CCTV가 설비되어 있었다.

하지만 만원 버스에서의 치한 행위를 입증하기 위한 증거물이 되기는 힘들었다.

하지만.

"증인은 있지."

피해자가 바로 앞에 있다면 이야기가 다른 법이었다.

현우의 시선이 좀 전까지 치한에게 당하고 있던 여학생에게 향했고 버스의 시선이 모두 그 여학생에게 몰렸다.

여학생은 갑자기 몰리는 시선에 당황했는지 안절부절못하다가 고개를 숙여버렸고 그걸 본 현우는 안색은 급격히 어두워질 수밖에 없었다.

반면 치한 녀석은 의기양양해졌다.

"흥! 증인? 아무 말도 못하잖아! 증거도 없고 증인도 없는 주제에 멀쩡한 사람을 치한으로 몰아? 경찰서 가고 싶어?"

"……."

말 그대로였다.

저 여학생은 말하지 '못' 하고 있는 것. 현우는 치한을 잡아낸 자신의 행동을 후회하진 않았지만 자신이 여학생을 배려하지 못했고 경솔했다는 점을 인정하지 않을 수 없었다.

'덤터기를 쓰겠군.'

많이 들어왔던 이야기였다.

성추행이나 성폭행 당하던 여성을 구했으나, 피해자가 자리에서 도망가버려서 역으로 폭행 가해자로 몰렸다는 이야기.

또는 흉기를 지니고 있던 범인에게 살해당했다는

이야기.

인터넷 기사 등 가십거리로 많이 떠돌던 이야기였지만, 현우는 설마 그 이야기의 주인공이 자기 자신이 될 것이라곤 생각해 보지 못했기에 지금만큼은 당황할 수밖에 없었다.

다른 방법으로 범죄 사실을 입증한다면 괜찮겠지만, 아까 말했다시피 버스 CCTV에 기대를 걸긴 어려웠다. 이 외에 이런 상황을 타개할 만한 마땅한 마법도 없었다.

즉, 의존할 것은 증언뿐인데, 아까의 상황을 떠올려 보면 현우 외의 증인이 있기는 힘들어 보였다.

또한 공범으로 추정되는 주변의 다른 남학생들을 생각할 때, 서로 간에 이야기를 맞출 것이 뻔한 만큼 현우가 역풍을 맞는 건 이제 기정사실이었다.

'일진이 별로군.'

현우는 일찌감치 변명하길 포기했다.

이런 상황이라면 정확한 정황을 모르는 사람들은 당연하게도 다수의 의견에 선동될 수밖에 없다. 상대의 위법성을 입증할 증거가 없으니, 현우가 아무리 억울함을 토로한다고 해도 제3자는 보다 많은 증인이 있는 이 치한 쪽에 서게 될 것이다.

그러니 이렇게 결과가 뻔한 상황에서, 증거도 없이 말로, 여기 있는 이들을 설득하는 무모한 도전 역시 하고 싶지 않았다.

'괜히 쓰잘머리 없이 입을 놀릴 필요는 없겠지. 조금 얼굴 팔림을 감수해야겠지만… 이 녀석도 나에게 무쇠 같은 걸 주장하기엔 조건이 안 되니까… 그러니 경찰서에선 진술만 해도 될 터.'

게다가 경찰이라면 진술 과정에서 무언가 발견해 줄지도 모르니 지금으로선 경찰에게 기대는 것밖엔 없었다.

"그래, 경찰서로 가도록 하지."

"뭐, 뭐?"

현우의 덤덤한 말에 치한 녀석은 꽤나 당혹스러운 듯 보였지만, 이 상황 속에선 꿀릴 것이 없다고 생각했는지 오히려 큰소리쳤다.

"흥! 좋아! 어디 가 보자고! 아저씨! 여기 문 좀 열어주세요!"

실랑이를 벌이는 사이에 이미 멈춰 선 버스였기에, 치한은 버스기사를 향해 당당히 소리쳤다.

그때, 조그만 목소리 하나가 끼어들었다.

"저, 저기요……!"

"……?"

소리치는 치한의 목소리에 비해 작은 목소리였지만 의외로 또렷했기에 버스의 시선은 모두 그 목소리가 흘러나온 곳, 조금 전 치한을 당했던 여학생에게 몰렸다.

"저분 말이 맞아요…. 저 사람이, 아니, 여기 이 사람들이 저를 한곳에 몰아넣고 막… 막……!"

주륵.

눈물은 여자의 무기라고 했던가.

서러운 듯 눈물까지 흘리는 여학생의 말 한마디는 상황을 반전시키기에 충분했다.

여태껏 당당하던 치한 녀석은 사색이 되었고, 아무렇지도 않은 듯 상황을 지켜보던 나머지 녀석들도 당황한 듯 주변을 두리번거렸다. 하지만 치한과 같은 교복을 입고 그 주변에 서있던 녀석들에게 쏟아지는 시선은 피할 수가 없었다.

'용기를 내줘서 고맙다고 해야 하나?'

사실 감사인사는 현우가 받아야 하는 게 마땅했다.

하지만 상황이 상황이다 보니, 여학생이 수치심을 이기고 나선 것도 용기 있는 행동이었다. 덕분에 귀찮은 일을 피하게 된 현우는 여학생에게 감사하고 있었다.

그러는 사이 누군가 벌써 신고라도 한 것인지 버스 앞에 차를 세우는 경찰차가 보였고, 이내 다른 승객들과 현행범이 된 남학생들과 피해자 여학생의 진술을 들은 경찰들은 그 여학생과 현행범이 된 남학생들 모두를 버스에서 내리게 했다.

더불어……

"저… 말씀이십니까?"

"학생이 여기 학생들이 한 짓을 발견하고 잡았다며? 굉장히 좋은 일 했어. 뭐 같이 경찰서에 가긴 하지만 별건 아니고 학생이 본 거랑 그런 것들 좀 설명해주면 되는 간단한 일이야."

"……알겠습니다."

보통 추행 사건의 경우 피해자의 증언을 중시하지만, 사건을 직접적으로 목격하고 제지하기까지 한 목격자가 있는 이상에야 경찰로선 굳이 피해자 진술을 고집하여 당시의 고통스러운 상황을 떠올리게 할 필요가 없었다. 목격자 진술을 들은 뒤에, 피해자에게 확인을 받아 미진한 부분만 보충하면 될 일이니 말이다.

그렇게 순순히 고개를 끄덕이고 여학생과 같이 경찰차를 타고 사라지는 현우의 뒤로 같이 버스에 타고 있던 승객들의 환호와 박수소리가 들려왔지만 현우로선 그에 화답하는 것보다 중요한 일이 있었다.

'또… 지각이군.'

최근 들어 학교에 불성실해지고 있음을 느끼고 있는 현우였다.

물론 지금의 현우에게 학교는 큰 의미를 주진 못했지만 어쨌거나 충분히 준비를 마칠 때까지 학교에 다니기로 스스로 약속한 바, 벗을 수도 없는 약속이니, 기왕 이렇게 된 거 그동안만은 출석에 충실할 생각이었다.

무엇보다 그간의 무단결석 등이 쌓여 꽤 위험 수위까지 오지 않았던가.

오늘이야 경찰 측에서 알아서 해줄 것이라곤 하나, 신경은 쓰이는 문제였다.

이때, 이런 현우의 불편함을 느낀 것일까?

옆에 앉아 가던 여학생이 조심스레 현우에게 말을

걸었다.

"죄송해요. 괜히 저 때문에."

"……괜찮습니다."

하지만 누가 봐도 불편해 보이는 현우의 표정은 그다지 설득력이 없었다.

"일단 경찰서에 가서 학교에 전화도 하고… 부모님께 전화도 드리고, 그러면 문제없을 기예요."

"흠……."

사실 연락을 하든 안 하든 현우로선 별로 상관이 없었다.

애당초 집에 있을 그의 새엄마도, 학교의 선생님도 현우가 어떤 일을 벌이든 신경 쓸 사람들이 아니었으니까.

내용의 유효성이야 어쨌든 현우를 위해 하는 말이었기에 결국 장단을 맞춰 대충 고개를 끄덕인 현우였다. 그렇게 일방적으로 대화를 끝맺은 현우가 조용히 흘러가는 차창 밖 풍경에 집중하는 사이, 여학생의 시선은 창밖만을 바라보는 현우로부터 떨어질 줄 몰랐다. 하지만 둘 사이에 더 이상 대화가 오고가는 일은 없었다.

그렇게 현우는 평소보다 시끄러운 하루를 시작하고
있었다.

*   *   *

드르륵-.
"……."
"……."
움찔.
'……오늘은 유달리 심한 거 같은데.'
지각은 했지만 그다지 꿀릴 게 없던 현우는 별생각
없이 덜컥 교실에 들어섰지만, 어째선지 지난 7일간
쏟아졌던 시선들보다 훨씬 더 따갑게 느껴지는 시선
에 순간 움찔 몸을 떨었다.
수업시간임에도 불구하고 칠판보다 현우를 바라보
는 학생이 더 많은 상황에, 현우는 교단의 선생님이
시선을 바로잡아주길 바랐다. 하지만 평소라면 적당
히 현우를 무시하고 수업을 진행했을 선생님마저 평
소랑은 조금 다른, 뭔가 복잡한 시선으로 현우를 바라
보고 있었다.

'으음… 왜들 이러는 거지? 딱히 적대감 같은 게 느껴지진 않지만… 불편한데.'

특히나 선생님의 시선이 가장 불편했다.

박성빈과 정찬수의 일이 있었지만, 선도 선생님들의 행동은 크게 달라진 게 없었다. 아마도 경찰로부터 직접 상황을 전해 받았을 터이니 만큼, 교내에 퍼져 있는 현우의 활약상 내부분이 거짓이리는 것을 알고 있었을 것이다. 그러므로 그들의 시선이 바뀔 이유는 없는 게 당연했다.

하지만 사건이 있은 지 일주일이 지난 오늘, 어째선지 교단에 선 선생님은 아주 복잡한 시선을 보내고 있었다.

'불신과 기대라니… 이제 와서 저들이 나에게서 기대할 일이 있다는 건가?'

복잡한 시선 속에 느껴지는 감정의 편린을 읽어낸 현우는, 그 속에 담긴 감정에 냉소를 지으며 말없이 자신의 자리로 들어가 앉았다.

그리고.

털썩.

"……?"

어째선지 현우의 앞자리엔 본래 있던 덩치 큰 남학생의 등판이 아니라 왜소하고 가녀린 어깨가 있었다.

"잘 왔어, 현우야."

현우가 자리에 앉는 걸 보며 배시시 웃어 보인 이성희가 현우를 반겼다.

"……반장의 힘을 이렇게 남용해도 되는 건가?"

"어머, 고작 학급 반장한테 무슨 힘이 있겠어? 그냥 오늘따라 눈이 침침하다는 애가 있어서 자리를 좀 바꿔준 것뿐인데."

"……그렇다면 앞쪽으로 가야 하는 것 아닌가?"

힐끔.

시선을 돌린 현우는 반장답게 교실의 정중앙, 그것도 꽤 뒷줄에 위치한 이성희의 자리를 지그시 노려봤다.

"……쟤가 원시라서 말이지."

"……됐다."

이상한 변명을 시작하려는 이성희의 말을 끊고 수업 중인 과목의 책을 꺼내 든 현우는, 어느새 본연의 업무로 돌아간 선생님의 뒷모습을 보며 작게 한숨 쉬었다.

'꽤 오랜만에 선생님들이 불쌍하군.'

아주 오래전, 학교의 선생님들이 불쌍하다고 생각했던 시기가 있었다. 현우가 알고 있는 것보다도 수준 낮은 교과목의 내용을 설명하면서 정형화된 예시를 앵무새처럼 중얼거리는 그들을 보며, 또 그런 수업을 듣는 그들의 학생들이 전혀 그들의 말에 집중하지 않는 것을 보며 옛날의 현우는 그들이 불쌍하다 생각했었다.

그리고 지금도 비슷했다. 다시 수업이 시작되었음에도 불구하고 칠판으로 머리를 돌리고 있는 학생이라곤, 선생님이 고개를 돌렸을 때 가장 먼저 눈에 들어올, 맨 앞줄의 몇몇 학생뿐이었다.

그나마 그들 역시도 선생님이 고개를 돌린 틈을 타 힐끗힐끗 현우를 쳐다보는 중이었다.

그 누가 봐도 최소한 그들의 정신이 앞에선 선생님의 수업에 가 있지 않다는 의미였다.

'물론 나라고 크게 다르진 않다만…….'

이미 고등학생 수준의 지식수준을 아득히 뛰어넘은 현우는 평소 수업시간을 이용해 6클래스 급에 올랐을 때 사용할 마법진을 연구하느라 여념이 없었다.

수업시간에 수업에 집중한다는 바름은, 이미 옛날에 현우가 교단에 선 그들에게 자신의 지식을 뽐내 그들의 질타를 받던 때에, 이미 잃어버린 바름이었다.

'흐음…. 이성희 녀석, 어쩐지 나에 대한 집중도가 평소보다 훨씬 높은 거 같은데…….'

현우가 자리에 앉은 이래로 아직까지 앞을 돌아보지 않는 이성희는 초롱초롱한 눈으로 현우를 뚫어져라 바라보고 있었다. 보기만 할 뿐 아니라 뭔가 하고 싶은 말이 있는 것인지 입을 몇 번 달싹이고 있었다. 하지만 반장으로서 조금은 양심의 가책을 느끼는 것인지, 처음 수업이 끊겼던 순간을 제외하곤 현우만 바라보는 와중에도 선생님의 기척을 살피는 모습이었다.

'쯧쯧…. 하고 싶은 말이 있다면 종이에 적어서 주면 될 것을…….'

아무도 보지 않는 상황에서 완성이 얼마 남지 않은 마법진 연구에 힘을 쏟고 싶었던 현우는 선생님의 눈치만 살피며 입을 열었다 닫았다 하는 이성희의 모습에 인내의 한계를 느꼈다. 결국 스스로 가방에서 공책을 꺼내 필담을 나누기 시작했다.

[무슨 말이 하고 싶나.]

[와 너 똑똑하다. 진작 이럴걸.]

[넌…….]

필담을 생각도 못했다는 듯 반응하는 이성희의 대답에 순간 '넌 참 멍청하다' 라는 대답이 손끝에서 튀어나올 뻔한 현우였다.

[그래서 하고 싶은 말이 뭐지?]

손이 마음 가는 대로 움직이려는 걸 막은 현우는 자신을 가라앉히며 담담한 어조로 이성희의 의중을 물었다.

[아, 맞다! 그러고 보니…….]

거기까지 말을 적은 이성희는 잽싸게 몸을 앞으로 돌려 책상 밑에서 무언가 꼼지락거리는가 싶더니 이내 자신의 핸드폰을 현우에게 내밀며 사진 한 장을 보여줬다.

[이거 너지?]

사진 속에는 만원 버스 안에 한 여학생을 둘러싸듯 서있는 남학생들과 그들 사이에서 한 남학생의 손목을 쥐고 있는 깡마른 한 남학생의 옆모습이 찍혀있었다.

'음… 어느새 이런 사진을…….'

굳이 물어보고 자시고 할 것도 없이 사진 속의 인물은 현우가 맞았다.

그것도 바로 오늘 아침의 사건이 벌어질 당시 현우의 모습이었다.

[맞다.]

[역시!]

담담한 현우의 대답에 씨익 웃어 보인 이성희는 이내 자신의 핸드폰 액정을 몇 번 쓱쓱 문지르는가 싶더니 이내 한 SNS 페이지를 띄워 현우에게 내밀었다.

[오늘 아침에 니가 치한을 잡은 걸 누가 SNS에 올렸더라고.]

[……누가 이런 짓을.]

[글쎄? 요즘엔 워낙 각자 SNS에 뭘 올리고 싶어서 안달 난 사람들이 많으니까…. 사진도 이것 한 장이 아니라 여러 각도에서 찍은 게 잔뜩 돌아다니는 것을 보면 한두 명이 올린 것도 아닌 거 같아. 뭐, 그중엔 우리 학교 학생도 있는 거 같고.]

잠시 기억을 더듬은 현우는 당시 버스 뒤편에 나란히 앉아 그를 쳐다보고 있던 같은 학교 학생들이 있음을 기억해냈다.

'그렇군… 그러고 보니 그땐 그 애들 말고도 버스 승객 대부분이 휴대전화를 들고 있었던 거 같군.'

스마트폰이 상용화된 시대이니만큼 당시 승객들 전원이 핸드폰을 가지고 있었다고 봐도 무방할 터. 그런 그들 중 당시 상황을 찍은 사람들이 있다는 게 특별한 일은 아닐 것이다.

하지만……

'주의했어야 했거늘…….'

나쁜 일을 해서 사진이 돌아다니는 것도 아니고, 좋은 일을 해서 사진 찍힌 게 인터넷상에 돌아다니는 게 무엇이 나쁘겠느냐마는, 사실 현우 본인에겐 꽤나 곤란한 일이었다.

'최대한 흔적을 남기지 않고 사라지기 위해선 남들이 알아보는 것은 곤란한데…….'

최근 마나 지배력 상승치와 마법진 연구가 궤도에 오름에 따라, 현우는 그 전까지 자신이 계획했던 일의 허술함을 인정하고 계획을 조금 조절하는 중이었다.

현우의 연구가 성공한다면 갖게 될 어마어마한 마나를 활용해서 일정지역에 기억소거 마법을 펼칠 계획을 갖고 있던 현우였다.

만약 그게 성공한다면 현우는 예정했던 대로 이곳 세상에 아무것도 남기지 않고 죽을 수 있었다.

물론 물리적인 기록이나 흔적은 남을 테지만 현우에 대해 기억하지 못하는 사람들은 그런 기록이나 흔적을 무시하게 될 확률이 높았다.

그런데 이렇게 눈에 띄는 일이 파급력이 극대화되는 SNS를 통해 퍼져 나갔으니 최소한 기억소거 마법으로 흔적을 지우는 일은 물거품이 된 것이나 마찬가지였다.

'물론 시간이 해결해줄 문제이긴 하지만……'

하지만 현우에겐 사람들의 기억력이 감퇴되어 자신을 잊을 수 있을 때까지 오래 기다려줄 마음도 없거니와, 사람들에게 쉽게 잊히기 힘든 외모의 현우가 단순히 기다린다고만 해서 기억 속에서 잊힐 수 있을지도 미지수였다.

'음… 그렇다면 차원이동의 성공 확률은 더 낮아진 건가?'

차원이동을 통해 이곳의 모든 걸 버리고 다시 돌아가려는 현우였다. 그런 그가, 버리고 가는 흔적들의 잔류 여부를 굳이 따질 이유가 없을 터였다. 하지만 그럼에도 현우는 이를 꽤나 중요하게 생각하고 있었다.

그렇다면 왜였을까. 사실 현우가 이곳에 자신의 흔적을 남기지 않는 것에 집착하는 이유는 단순히 심정의 문제보다도 마법의 성공 확률을 높이기 위해서였다.

물론 처음엔 심적인 이유에서 흔적을 남기지 않고 갈 생각이었지만 지금은 달랐다.

-인간의 영혼은 자신의 기억과 잔재에 이끌린다.

차원이동에 대해 연구하다 떠올린 것이었다.

현우는 칼롯 코즈너의 세상에서 네크로맨시 마법에 대해 공부할 때, 인간은 물론 모든 생명에 영혼이 있음을 확인했다.

그도 그럴 것이 네크로맨서들의 주력 마법이자 기본 마법인 언데드 마법부터가 영혼이 있음을 상정해야만 가능한 마법이었기 때문이다.

그리고 그런 영혼을 불러 모으는 방법에 대해서도 심도 있는 연구를 한 칼롯 코즈너였다.

처음엔 그들을 부리는 네크로맨서들의 언령에 주목했고 그다음엔 영혼들이 땅에 머무르는 이유에 대해서 연구했다.

그 결과 칼롯 코즈너는 영혼이 땅에 머무르는 이유가 그들의 영혼이 땅에 남은, 살아 있을 적 그들의 흔적들과 연관되어 있음을 밝혀냈다.

그들이 살아 있을 적 남긴 어떠한 물리적 흔적과 주변에 그의 생전 모습을 기억하는 사람이 많을수록 영혼은 강력하고 선명했으며, 가장 땅에 가깝게 붙어 있었다.

몇 백 년 전, 몇 천 년 전 유물이나 유적에서 깊은 사념을 가진 고스트들이 나타나는 게 바로 그런 이유에서였다.

그들이 남긴 유물의 특별함이, 유적 속에 기록된 그들의 기억과 역사로 남겨진 기억들이 사람들에게 전승되어 그들을 땅에 붙잡아 놓는 역할을 하는 것이었다.

그런 점을 생각해 봤을 때, 현우가 이곳 세상을 떠나 영체인 상태로 다른 세상으로 가기 위해선 그를 이곳 세상에 잡아두는 흔적들이 남아 있어서는 안 되었다.

특히나 현우의 외형이나 그와 관련된 여러 소문들은 어느 것 하나 특별하지 않는 게 없는 만큼, 만약 현우가 영체상태가 된다면 큰 걸림돌이 될 게 분명했다.

그래서 계획을 한 것이 기억 소거였는데…….

'이건 정말 곤란하군…….'

물리적인 흔적은 인간인 이상 완전히 소거하는 게 불가능했다. 특히나 모든 개인정보가 전산으로 관리되는 대한민국의 특성상, 특별한 관련 기술이 없는 현우가 자신에 대한 정보를 완전히 말소한다는 것은 불가능이나 다름없었다.

그렇기에 선택한 차선책이 그를 가장 가까이서 봐온 동네 사람들에게 마법을 거는 것이었던 것이다. 하지만 그것도 이런 상황이라면 이는 의미가 없었다.

'음… 어떡한다.'

싱글벙글.

현우가 화면 속에서 실시간으로 늘어나는 엄지손가락 아이콘의 개수를 보면서 심각한 표정을 짓는 사이, 이성희는 싱글벙글한 표정이 되어 있었다.

그 모습에 심사가 뒤틀린 현우가 필담하는 것도 잊은 채 싸늘하게 물었다.

"뭐가 그렇게 재밌나?"

시선들에 뜨거운 열기가 있었을 뿐, 선생님의 목소리 외엔 조용했던 교실인지라 현우의 목소리는 생각 외로 꽤 멀리 퍼져나갔다. 하지만 다행인지 불행인지 그런 현우의 말 내용에 귀 기울이는 사람은 없어 보였다.

그도 그럴 것이, 현우를 보고 있던 학생들은 여태껏 현우와 이성희가 필담을 나누는 것을 봤으니, 전후 사정을 모르고 말을 들어봐야 의미가 없음을 아는 탓이었다. 또한 앞에 선 선생님이나, 그런 선생님의 눈치를 보고 있던 학생들은 어떻게든 수업을 유지하고자 하던 중이었기에 애써 현우의 말을 무시하고 있었다.

물론 그렇다고 해서 그들의 관심이 현우로부터 관심이 멀어진 것은 아니었다. 말했다시피 지금 현우가 육성으로 하는 말에 관심이 없을 뿐.

사각사각.

[바보야, 그렇게 크게 말하면 어떡해.]

기실 현우의 말에 관심을 두는 건 이성희뿐이었지만 돌아선 등 뒤로 반 학생들의 시선이 모여 있음을 느끼고 있던 그녀는 현우의 목소리에 기겁을 했다.

그리고 날려 쓰는 글씨체를 통해 그녀의 다급한 기색을 느낀 현우는 얼떨결에 사과를 했다.

[말이 헛 나왔군. 미안하다.]

[뭐, 알면 됐어.]

사과를 받았으니 됐다는 이성희의 대답에 무언가 상황이 이상함을 느낀 현우가 펜을 들고 잠시 인상을 썼지만 그런다고 이제와 달라지는 건 없었다.

결국 작게 한숨 쉰 현우는 추궁하고자 했던 것을 마저 묻기로 했다.

휴우.

[그래, 왜 그렇게 싱글벙글 웃고 있었던 거냐?]

[응? 그거야 당연하잖아, 반장으로서 반 친구가 유명해진다는데 기분이 나쁠 이유가 있겠어?]

이성희의 간단명료한 대답에, 정말 그것뿐이냐는 듯 추궁하는 시선이 잠시 이성희를 향했다. 하지만 고개를 갸우뚱거리는 이성희를 보며 현우는 이내 고개를 내저었다.

'하기야, 마법적 알고리즘을 알고서 그랬을 리가 없겠지. 무엇보다 그녀의 잘못도 아니고 말이야.'

이내 자신이 너무 흥분했음을 인정한 현우가 고개를 흔드는 사이, 이성희가 현우의 공책에 질문을 적어넣었다.

[그러고 보니 너 핸드폰은 없어? 생각해보니 이런 건 문자로 하면 되는 거 아니야?]

"……."

"……."

잠시 침묵이 흘렀지만 달라진 건 없었다. 물론, 현우가 핸드폰 사용을 떠올리지 못한 건 사실이었지만 만약 떠올렸어도 필담이라는 결과가 바뀌진 않았을 터였다.

[핸드폰은 있다만 네 번호도 모를뿐더러… 나는 핸드폰을 잘 사용하지 않아서 필담이 더 편하다.]

실제로 그랬다. 만년 왕따로 살아온 현우도 조금 오래된 기종이지만 스마트폰을 가지고 있었다. 하지만 그가 실제로 스마트폰의 스마트한 기능을 활용하는 경우는 극히 드물었다.

애당초 누군가와의 상호작용을 필요로 하는 기능의

경우 상대가 핸드폰에 저장되어 있지 않을 뿐 아니라, 애당초 스마트폰이란 물건을 위급상황에서 전화 신고 정도가 되는 편리한 시계 이상으로 생각하지 않는 현우였기에 사용도 상당히 서툴렀다.

물론 기능을 이용하고자 한다면 현우에게 어려운 것은 하나도 없었지만, 그런 것 없이도 잘 살아온 세월이 있던 만큼 고집 있는 현우가 이제와 스마트폰을 적극 활용할 리 없었다.

'그나마 시계도 손목에 찬 전자시계를 보고 있으니까.'

이리저리 흉터가 남은 낡은 전자시계를 내려다보며 현우는 다시 필담 공책으로 시선을 돌렸다.

그곳엔 어느새 이성희가 남긴 글이 한 줄 추가되어 있었다.

[뭐, 그렇다면 어쩔 수 없지. 그나저나 오늘 버스에서 있었던 일 좀 얘기해 줘봐.]

애당초 현우의 핸드폰 보유 여부는 그다지 관심 없었다는 듯 주제를 돌리는 이성희 덕분에 다시 현우의 미간이 좁혀졌다.

그러나 이내 오늘 아침의 일을 필담 용지에 자세히

적어나가기 시작했다.

그도 그럴 것이 만약 현우가 지금 이걸 알려주지 않는다면, 이성희가 하루 종일 들러붙어 있을 것이 자명했기 때문이다.

그렇게 현우로부터 오늘 아침의 사건이 자세히 적힌 종이를 받아 든 이성희는 그제야 앞으로 제대로 돌아앉았고 수업이 끝나갈 무렵엔 몇 번이나 읽어 내린 내용을 다른 종이에 깔끔하게 정리하기 시작했다.

현우도 이때쯤엔 더 이상 이성희에게도, 다른 학생이나 선생님에게도 신경 쓰지 않게 되었다.

당장에 계획이 어긋난 이상 생각을 정리할 시간이 현우에겐 필요했다.

그렇게 각자의 생각이 계속되는 상태로 수업이 끝났다.

이성희는 자신의 자리로 돌아갔고, 그런 그녀의 손엔 현우가 적어준 것보다도 훨씬 장황한 대서사시가 적힌 종이가 쥐어져 있었다.

쉬는 시간, 이성희의 주변이 시끄러워졌다.

＊   ＊   ＊

그날 저녁의 일이었다.

정규 수업이 모두 끝난 보충 수업 전 쉬는 시간, 학교가 끝나기 전 마지막 수업만을 남겨둔 시간이라 꽤나 소란스러운 교실로 한 여학생이 현우를 찾아왔다.

"음? 너는?"

"아! 선배님!"

현우가 알은체를 하자 발랄한 목소리로 현우에게 꾸벅 고개 숙여 인사하는 여학생은, 오늘 아침 현우가 버스에서 치한으로부터 구해준 여학생이었다.

"오늘 아침엔 정말 감사했어요."

"뭐, 나로선 별일 아니었으니 신경 쓸 것 없다."

"아뇨…! 그래도…….."

"정말 신경 쓸 필요 없다. 만약 발견했다면 내가 아니더라도 누군가는 했을 일이다."

물론 정말로 그랬을지는 미지수였다. 아니, 사실 현우의 인간관을 기준으로 보자면 보통의 경우, 대부분은 모른 체한다는 게 진실일 것이다.

하지만 그럼에도 현우가 이렇게 당당히 말을 할 수

있는 이유는 순전히 여학생의 미모 때문이었다.

엘프를 실제로 본 현우가 고개를 끄덕인 얼굴이었다.

그런 아름다운 소녀가 위기에 처했다면, 그리고 당시 버스에 있던 남자 승객들이 처음 그녀를 봤을 때의 표정을 생각한다면, 충분히 가능성이 있는 일이었다.

'누가 뭐래도 남자들은 미녀를 그냥 두지 못하는 법이니까.'

이렇게 거짓과 진실을 교묘하게 넘나드는 말로 언령의 힘을 지켜낸 현우는 순간적으로 성큼 다가오는 여학생의 행동에 몸을 움찔 떨었다가 무표정한 얼굴로 한결 가까워진 여학생의 얼굴을 살폈다. 그러자 당돌하게도 그녀 역시 현우를 빤히 쳐다보기 시작했다.

마치 신기한 무언가를 관찰이라도 하는 듯이…….

"……."

"……."

'이 애는… 뭔가 좀 이상하군.'

사실 현우는 이런 상황을 예상치 못했다.

최근 많이 나아졌다곤 하지만 현우의 얼굴은 여전

히 가까이서 보기엔 부담스러운 모습이었다.

워낙에 마른 탓에 어둡게 내려앉은 눈가와 불거진 광대, 날카롭게 두드러지는 턱선은 강퍅한 인상을 주었다. 뿐만 아니라 오늘 큰 고민을 얻은 덕분으로 하루 종일 인상를 쓰고 있던 탓인지, 평소보다 더 기분 나쁜 얼굴이 됐기 때문이다.

그 때문에 이성희를 제외하곤 오늘 현우에게 다가온 사람이 아무도 없었다. 굳이 따지자면 평소에도 이성희 외엔 없긴 했지만….

어쨌거나 그런 현우의 얼굴은 어린 소녀가 똑바로 쳐다보기엔 조금 난이도가 있는 몰골이었다.

그런데 이렇게 가까이서 현우를 마주보고 있을 수 있다니, 꽤나 강심장을 소유한 소녀라고 할 수 있었다.

'뭐, 나름 은인이라고 무리를 하고 있는 것인지도 모르지만…….'

하지만 최소한 현우가 보기에 그런 기색은 보이지 않았다.

아니, 오히려 현우의 얼굴을 자세히 관찰이라도 하듯, 마주 보는 것을 그만두고 고개를 이리저리 흔들어가며 다양한 각도에서 현우의 얼굴을 쳐다보고 있었다.

"……흠. 그나저나 어떻게 찾아온 거지?"

부담스럽게 자신을 요모조모 뜯어보는 여학생의 행동을 제지할 겸 입을 뗀 현우 덕분에 이내 정신을 차린 듯 그녀가 입을 열었다.

"아, 오늘 경찰서에서 진술서 작성하실 때 이름을 봤거든요. 제대로 감사인사를 못 드렸다는 생각에 이렇게 찾아뵈려고 기억해뒀죠. 후후."

그렇게 말하며 가볍게 입을 가리고 웃는 그녀의 모습은 정말 엘프의 현신이라고 해도 좋을 만큼 아름다웠다.

특히나 그녀의 웃음을 정말로 특별했다. 오늘 아침의 괴로웠던 일은 모두 잊었다는 듯한 싱그러운 웃음은 그녀의 눈이 그리는 기다란 곡선과 입가를 가리는 여린 손가락, 그리고 작은 웃음소리가 어우러져 우아함을 뽐내고 있었다.

그게 얼마나 아름다웠는지는 현우의 뒤로 현우와 여학생의 만남을 지켜보던 현우 반 남학생들이 숨까지 멈추고 집중하는 것으로 확인할 수 있었다.

하지만 현우는 여학생의 미모보다도 중요한 것이 있었다.

"하지만 난 그 진술서에 몇 반인지를 적은 기억이 없는데."

확실히 그랬다. 현우는 자신의 신분을 적는 란 대부분을 공란으로 뒀고 적은 것이라곤 본인의 이름과 집의 전화번호 정도였다.

공란이 많음에도 경찰이 현우에게 그 이상의 개인정보를 요구하지 않았던 것을 확실히 기억하고 있던 현우였다.

고로 이 여학생이 자신을 찾아왔다면 현우의 뒷조사를 했다는 의미와 다를 바가 없었다.

'물론 이런 여자애가 무슨 특별한 능력이 있거나 불순한 의도로 그런 것은 아닐 테지만…….'

어쨌거나 자신도 모르는 새 개인정보가 유출된 것은 아무리 사소한 것이라도 기분 나쁠 수밖에 없었다.

그때, 그런 현우의 기색을 읽은 것인지 여학생이 곧장 말을 이었다.

"아, 죄송해요…. 혹시 기분 나쁘셨나요? 저는 다만 감사인사를 드리고 싶다는 생각에……."

"……됐다. 기분 나쁜 건 사실이지만 나쁜 의도가 있던 것도 아니니 넘어가도록 하지."

"아! 감사합니다!"

그렇게 말하며 활짝 웃는 여학생의 얼굴은 그야말로 눈이 부시다는 표현이 어울리는 아름다운 모습이었다. 그리고 현우는 이런 그녀의 모습에 눈을 살짝 찌푸렸다.

'이건… 꽤나 인위적인 웃음이군.'

여학생의 웃음이 인위적이란 것은 처음 그녀가 현우 앞에서 웃어 보였을 때부터 느끼던 것이었다.

오늘 아침 현우가 봤던 그녀의 기질은 청명함, 맑음 그 자체였다.

그 시원한 기질로 주변을 환기하는 웃음이 이 여학생에게 어울리는 웃음이었다.

물론 가정환경 등 사람마다 개인차가 있게 마련인지라 무조건 그런 웃음을 지을 것이라 단정 지을 수는 없었다.

그런 탓에 처음 그녀가 '우아한 웃음'을 내보였을 때까지 현우는 별생각 없이 받아들일 수 있었다. 그저 희귀하다면 희귀한 특별한 기질을 지니고도 본인의 힘을 살리지 못하는 것이 아쉬울 뿐이었다. 그러나 그런 생각도 잠시, 방금 그녀가 현우에게 지어 보인 웃음을 통해 현우는 확신할 수 있었다.

소녀의 웃음이 철저히 훈련된 것이라고.

사람의 웃음이란 건 꽤나 본능, 본질과 연결되어 있는 부분이었다.

그렇기 때문에 누군가의 웃음이란 상황에 따라 다른 웃음이 터지더라도 그게 내포하는 느낌은 비슷한 법이었다.

우리가 말로 사람을 구분할 때, 단순히 목소리뿐 아니라 그 목소리의 어조, 혹은 말버릇 같은 것으로도 구분할 수 있는 것처럼 의식하지 못하는 사이에 정착되어 녹아드는 게 웃음의 기질이었다.

그런데 조금 전 현우 앞에서 여학생이 내보인 웃음은 각각이 다른 두 가지의 웃음이었다.

첫 번째는 우아함이 내포된 교양 있는 웃음으로, 만약 그녀가 지체 높은 명문가의 아가씨라면 후천적 교육을 통해 본인의 청명한 기질과 관계없이 배웠을 웃음이었다.

거기에 더불어 두 번째로 나타난 웃음은 아름다운

웃음이었다. 부드럽게 호선을 그리며, 하얀 이를 드러내는 웃음은 지켜보는 사람을 같이 빙그레 웃음 짓게 만드는 매력을 가진 웃음이었다.

그리고 이 두 웃음은 모두 그녀가 가진 청명한 기질과는 꽤 다른 성향을 가진 웃음들이었다.

우아함과 아름다움의 웃음.

이 둘은 비슷하면서도 엄연히 다른 것이었기에 현우는 본인의 기질과 관계없이 이 두 가지를 동시에 갖고 있는 이 여학생이 평범한 소녀가 아니란 것을 어렴풋이 느낄 수 있었다.

이때, 소녀가 현우에게 다시 한걸음, 가까이 다가왔다.

"……무슨 생각을 그렇게 하세요?"

"음? 아니다. 그보다 너무 가깝지 않나?"

스윽–.

어느새 그야말로 코앞에 선 여학생을 본 현우가 뒤로 반발자국 물러나자 여학생은 예의 아름다운 웃음을 지으며 말했다.

"후후, 선배님이 딴생각을 하고 계시니 그렇죠."

"음… 그래, 그건 미안하게 됐군. 그런데 나한테

인사를 하는 게 목적이었다면 용무는 끝난 거 같은데?"

"어머, 그렇네요. 하지만 선배님. 아직 어떻게 반에 찾아왔느냐는 질문에 제대로 말씀 못 드린 게 있는데."

"⋯⋯?"

아직 할 말이 남았다는 말에 현우가 의문스러운 눈으로 그녀를 바라보자, 여학생은 현우가 물러난 걸음만큼 다시 바짝 붙어서며 자신의 주머니를 뒤졌다. 그러곤 주머니에서 자신의 스마트폰을 꺼내더니 오늘 한번 본 적이 있는 사진을 현우 앞에 보여줬다.

"⋯⋯이건."

"네, 오늘 아침 사진이에요."

"이건 나도 오늘 봤던 사진이다."

현우가 담담히 대꾸하자 그녀는 마치 그럴 줄 알았다는 듯 사진 주변을 몇 번 손으로 슥슥 문지르고는 이내 그 밑에 달린 댓글들로 화면을 옮겼다.

그리고 그녀의 키로는 닿지 않는 현우의 얼굴 근처에 자신의 이마가 닿도록 발끝을 세우곤 마치 속삭이듯 그에게 중얼거렸다.

"여기 보시면 저희 학교 이름은 물론이고, 사진에 찍힌 선배님의 이름이랑 반까지 전부 써 있어요."

속닥속닥.

그 말을 듣는 순간 현우의 시선이 미간이 좁아졌다.

하지만 이는 자신의 개인정보가 유출되었다는 불쾌감에서 생겨난 감정표현은 아니었다.

SNS에 퍼진 이상 관심을 받고자 하는 수많은 사람이 있는 만큼 현우의 이름이나 학교 정도는 얼마든지 쉽게 알려질 것이라 예상했던 탓이었다.

물론 그런 그도 이렇게 빨리 알려질 것이라곤 생각하지 못했지만…. 어쨌든 현우가 불쾌하게 느낀 것은 그것이 아니었다.

'정석, 그 자체로군.'

현우가 거슬려 하는 것은 바로 그녀의 웃음.

그녀의 웃음이 현우에게 기분 나쁘게 느껴지는 것은 단순히 기질과 다른 웃음이라서가 아닌, 남자를 홀리는 웃음이었기 때문이었다.

현우가 칼롯 코즈너이던 시절, 그의 가치는 대륙의 그 어떤 보물보다도 위에 있었으며 세상 그 어떤 인물보다도 중요했다.

그런 그를 자신들의 편으로 끌어들이기 위해 칼롯 코즈너와 마주한 여성들은 노소를 불문하고 그의 눈에 들기 위해 노력했고, 그들은 수도 없이 훈련된 몸짓과 미소로 그를 유혹하기 위해 최선을 다했다.

그리고 그 최선을 다한 행동들 중 가장 많이 본 것이 바로 지금, 현우의 앞에선 여학생이 보여주는 웃음이었다.

당시 칼롯 코즈너를 상대하는 인물이 귀족이 아닌 경우는 드물었다.

교양과 자존심으로 똘똘 뭉친 귀족들이 육탄공세를 할 리가 없는 바, 그들은 철저하게 연습한 아름답고 우아한 미소로 칼롯 코즈너의 호감을 이끌어 내고자 했다.

물론 결과적으로 그런 그녀들의 계획은 모두 실패했었다.

칼롯 코즈너는 면전에서 욕만 하지 않을 뿐, 사실상 그런 식으로 다가오는 모든 여자를 쳐다도 보지 않았다.

특히나 그 여성이 어릴수록 더욱 차갑게 대했다.

그의 가치가 아무리 뛰어나다고 한들, 고작해야 10

대 중후반의 어린애들이 칼롯 코즈너에 대한 기반지식이나 가치를 체감하고 있을 리가 없었다. 하지만 그럼에도 불구하고 그런 어린애들이 그에게 인위적인 웃음을 지으며 가까이 다가오는 데는 십중팔구 그녀 부모들의 입김이 작용한 탓이었다.

대륙 최강이라곤 하나 수백 년을 산 노인네였다. 그런 늙은이를 끌어들이기 위해 자신들의 어린 딸을 들이미는 행위를 칼롯 코즈너는 극도로 혐오했다.

그러한 일이 불편함을 넌지시 드러내길 수십 년, 결국 한 파티장에서 참다못한 그가 불같이 화를 내는 것으로 잠잠해질 수 있었다.

그리고 그로부터 근 백 년이 지난 지금, 그곳과는 완전히 다른 세상인 이곳에서 현우는 당시의 미소를 다시 마주하고 있었다.

'하지만… 이해할 수가 없군.'

솔직히 말하자면 누가 봐도 별 볼 일 없어 보이는 현우의 외모와 능력이었다. 최근 이성희 덕분에 학교에서 유명세를 타고 있다곤 하지만, 기존의 현우가 가지고 있던 이미지가 사라진 것도 아닐뿐더러, 현우에게 지금 어떤 뛰어난 능력이 있다고 한들 지금 그의 외모는 모든 이점을 상쇄하고도 남았다.

즉, 이런 소녀의 관심을 받을 만한 인물이 못 된다는 것이었다.

그렇다면 혹시나 잘못 본 것은 아닐까, 정말 어쩌면 진심으로 호감을 갖고 가까워지려는 것은 아닐까, 하는 생각도 들었다. 하지만 마법 능력이 떨어졌을 뿐, 수백 년을 쌓아올린 노회함과 연륜은 앞에 선 소녀의 목적이 절대 그런 게 아니란 걸 분명히 알려주고 있었다.

'나를 곁에 둬서 뭘 하겠다는 건지…….'

옆에 세워두기는커녕 알고 지내는 것만으로도 소녀의 인생에 마이너스가 될 자신을 이렇게 적극적으로 유혹하는 이유가 궁금해지려는 찰나, 현우가 대번에 인상을 쓰고 뒤로 물러났다.

이유가 어쨌거나 분명히 눈앞의 소녀는 현우를 어떻게든 이용하고자 이런 행동을 하는 것이었다.

그렇다면 장단에 맞춰줄 필요가 없었다. 무엇보다 누군가의 손에 놀아난다는 것은 그게 설령 엘프와 비견되는 미모의 소녀일지라도 현우 쪽에서 사양이었다.

그렇게 현우가 대놓고 인상까지 쓰며 뒤로 크게 물러서자 이번에 놀란 것은 소녀 쪽이었다.

이런 현우의 행동은 전혀 예상하지 못했다는 듯 큰 눈을 동그랗게 뜨고 현우를 쳐다보고 있었다.

그런 소녀에게 현우가 확답을 내려줬다.

"무슨 생각인지 모르겠지만, 어쨌거나 난 감사인사를 받았다. 과례는 비례(非禮)인 법, 이만하면 됐으니 넌 그만 가 봐라."

그야말로 단호하기 짝이 없는 현우의 태도와 말에 충격을 받은 건지 주춤, 뒤로 물러선 여학생의 얼굴엔 믿기지 않는다는 표정이 나타나 있었다. 하지만 이내 신색을 회복하곤 조심스레 고개를 숙였다.

"죄송해요. 조금… 제가 부담스럽게 해드렸나 봐요. 어쨌든 오늘 일은 감사했습니다. 선배님. 다음에 기회가 되면 꼭 다시 뵈었으면 좋겠네요."

"……그래."

지금은 물러나지만 포기하지 않았다는 의미로 여지를 남기는 것까지 똑같이 행동하는 소녀의 모습에 현우의 표정이 더욱 굳어졌다. 그러나 어쨌든 이 자리에서 물러난다는 소리였기에 고개를 끄덕이며 보내줬다.

휙-!

자박 자박······.

곧장 돌아선 여학생의 작은 발걸음 소리가 교실에서 멀어지는 것을 끝으로 여학생의 미모에 놀라 조용했던 현우의 반이 웅성거림으로 가득 차기 시작했다.

그 웅성임의 내용 대부분은 현우와 관련한 내용이었지만 그걸 듣는 현우는 그들의 웅성거림에 신경 쓰지 않았다.

오히려 신경 쓰이는 건 어느샌가 다가온 이성희의 날선 눈빛이었다.

"호오~? 꽤 대단한 여자한테 관심 받고 있네?"

"······누군지 아는 거냐?"

"···누군지도 모르고 대화했던 거야?"

끄덕-.

현우가 가볍게 고개를 끄덕이자 이번엔 이성희가 믿을 수 없다는 표정이 되어 소녀에 대해 설명하기 시작했다.

"아무리 학교에 관심이 없다곤 하지만··· 그래도 저만한 유명인이라면 알고 있을 줄 알았는데··· 어쨌거나 저 애는 우리학교에 자랑이자 마스코트이신 서보람 양이야. 조금 전 교양 넘치는 발걸음이나 미소만 봐도 알 수 있듯 꽤나 이름 있는 집안 아가씨시지. 뭐, 그 이상의 정확한 건 우리 같은 평범한 학생은 잘 알 수 없지만…. 그래도 매일 등하교 때 고급 차가 교문에 서 있는 거나, 가끔 마주치는 선생님들이 어려워하는 것을 보면 최소한 박성빈 그 자식보다는 잘난 집안일 테지."

"그렇군……."

확실히 선생님들조차 어려워할 정도의 인물이라면 박성빈보다야 잘난 집안이리라.

애당초 박성빈 집안이야 그의 아버지 대에서 일어선 집이니 만큼 사실 대단한 것은 없는 게 당연했지만, 학교에서 그만한 힘을 지니고 있던 박성빈임에도 학생 신분인 그를 어려워하는 선생님들은 없었다.

"그런 아가씨가 왜 나한테 저러는 건지 이해가 안 되는군."

"흠…. 그건 나도 잘 모르겠지만… 만약 여자인 내 입장에서라면 조금 가능성이 있을 법한 이유가 하나 있는데……."

"그게 뭐지?"

수백 년 연륜으로도 짐작하기 힘든 이유를 알고 있다는 이성희의 말에 호기심 가득한 눈이 된 현우를 보며, 이성희는 조심스레 옆에 선 현우에게만 들릴 만큼의 소리로 말했다.

소곤.

"아마도 과시욕…일 거라고 생각해."

"과시욕?"

현우가 이해하지 못했다는 듯 반문하자 이성희는 여전히 조용한 목소리로 몇 마디 설명을 덧붙였다.

"물론 소문이긴 하지만… 어장관리의 달인이라는 말이 있거든."

"어장관리라……."

현우는 꽤 그럴듯하다는 생각이 들었다.

사춘기의 청소년은 남녀를 불문하고 이성에게 잘 보이고자, 혹은 동성으로부터 우월감을 갖고자 허세를 부리곤 한다. 그리고 대부분 이런 허세는 허풍으로 시작해 허풍으로 끝나게 마련이었지만 서보람, 그녀와 같은 사람이라면 허풍으로 내뱉은 말도 현실로 만들 수 있는 능력이 있으리라.

돈, 배경, 미모가 겸비된 그녀에겐 갖고자 하는 것

을 얼마든지 가질 수 있는 권리이자 권한이 존재했다.

그런 그녀가 이번에 선택한 허세의 항목은 학생 신분으로 가장 손쉽게 가질 수 있으며 또래의 동성친구들의 부러움을 한 몸에 받을 수 있는 이성친구일 가능성이 컸다.

동성의 또래 친구들이 꿈꿔 마지않는 멋진 남성들을 이성친구로 곁에 둠으로써 자신의 상대적 가치를 올리는 것이 그녀의 목적이리라.

물론 이런 가정은 이성희가 말해준 어장관리의 달인이라는 소문이 사실일 경우에 한하는 것이지만 현우는 이를 꽤 신빙성 있게 받아들이고 있었다.

이쪽 세상에서야 당연히도 서보람이 최초이긴 하지만, 현우의 다른 세상에서의 경험을 비추어 볼 때, 잘 나가는 귀족가의 아가씨는 당연하다는 듯 수많은 유력 가문의 남자들을 주변에 두면서 자신의 세를 과시하고는 했다.

이곳 세상도 같은 사람이 살아가는 곳이며 서보람이 그런 정통 있는(?) 가문의 사람이라면 그리 어색하지만은 않은 일이었다.

그렇게 서보람의 행동을 어느 정도 이해한 현우였

지만 아직 의문이 모두 해결된 것은 아니었다.

"그런데 왜 나한테 이런 행동을 한 거지?"

"……뭐?"

이해할 수 없다는 듯 미간을 좁히는 현우를 보던 이성희의 입에서 너야말로 무슨 소릴 하느냐는 듯 의문성이 튀어나왔다.

"아무리 생각해봐도 나는 옆에 두어서 플러스가 될 요인이 없지 않나? 외모는 물론이거니와 나에 대한 인식도 그렇고…… ."

현우의 중얼거림에 그야말로 어처구니없다는 듯 한숨을 쉰 이성희가 이내 이마를 부여잡고 현우에게 말했다.

"어휴, 너야말로 너무 널 모르는 거 아니야? 지금 너는 내가 퍼뜨린 소문 덕분에 학교에서 가장 핫한 사람이라고. 뭐… 외모에 관해서는 나도 딱히 할 말은 없지만…… ."

"……?"

여전히 잘 알 수 없다는 듯 멍하니 있는 현우의 행동에 이성희는 결국 다시 한숨을 내쉬며 설명을 덧붙였다.

"…여자애들이란 자기가 위기에 처했을 때 짠하고 나타나서 구해주는 백마 탄 왕자님 같은 사람을 꿈꾸게 마련이야. 물론 현실에는 그런 사람이 있을 리 없으니, 대부분 드라마로 만족하거나 꿈으로 끝내곤 하지. 그런데… 세상엔 존재하지 않는다고 믿었던 전설의 동물 같은 게 갑자기 나타났단 말이지."

"……그게 나로군."

끄덕.

"하자(?)가 조금 있긴 하지만, 퍼진 소문에 대로라면 넌 어린 소녀들의 꿈 속 왕자님에 가장 잘 부합되는 사람이지. 외모나 분위기 때문에 아직 눈에 띄는 반응이 없을 뿐, 여자애들끼리 모이면 네 이야기밖에 안 한다고."

"음……."

침음성을 삼키는 현우를 보며 눈을 가늘게 뜬 이성희가 말을 이었다.

"이제 좀 알겠어? 이 모든 게 내 덕분이니 감사하라고."

이게 과연 감사해야 할 일인가에 대해 이성희에게 심히 따져 묻고 싶은 현우였지만 어쩐지 은근한 눈으로 자신을 쳐다보는 이성희의 모습에 말하기를 보류했다.

"그래… 그러니까 조금 전의 그 아가씨는 나를 병풍으로 쓰기 위해 찾아왔다는 거로군."

"뭐… 병풍이라고 한다면 조금 그렇지만… 그런 셈이지."

물론 최초의 어장관리에 관한 루머와 가설이 맞았을 때의 결론이긴 했지만 말이다. 반면 가능성이 있다는 생각이 들자, 이번엔 오늘 아침에 있었던 일이 마음에 걸렸다.

'그런 잘나가는 여자가 버스를 타고 등교했단 말이지? 게다가 하필 내가 보는 앞에서 치한을 만나고.'

물론 성추행 피해자인 그녀였으니 확언할 수는 없었지만 의심이 드는 것은 어쩔 수 없었다.

특히나 버스를 타고 등교했다는 부분이 가장 의심스러웠다.

'의심을 시작하니 끝이 없군.'

의심을 한다는 행위는 마법사로서 가져야 할 덕목인 탐구심에 해당하는 일로, 나쁠 것은 없었다. 하지만 사람에 대한 의심은 경우에 따라 강력한 독이 될 수도 있는 법이었다.

현우는 오랜 세월 속에서 이를 깨달았기에 이 이상 생각하길 멈췄다.

'일단은 돌아간 데다 꽤 단호하게 내쳤으니 도도한 아가씨라면 자존심 때문에라도 찾아오기 힘들 테지.'

앞으로 얼마나 더 보게 될지는 모르나, 깊이 엮일 일이 없으리라 확신한 현우는 서보람에 대해 고민하길 관뒀다. 이런 쓰잘머리 없는 일에 심력을 낭비하기엔 현우가 머릿속에 담고 있는 문제가 많았다.

그리고 이때, 이성희가 갑자기 떠올랐다는 듯 현우에게 물었다.

"아, 맞다! 그러고 보니 너 이번 주 금요일 체육대회 때 무슨 종목 할지 정했어? 이번에 학업 외 성취도 지원이니 뭐니 하면서 후원금으로 운동장에 이상한 세트도 만들던데."

아마도 분위기를 환기시키고 싶었던 것인지, 꽤나 뜬금없는 질문이었다. 하지만 현우에게 있어서는 꽤나 시의적절한 질문이기도 했다.

"체육대회……?"

최소한 현우가 체육대회 날 체육복을 안 챙겨오는

불상사는 막았으니 말이다.

"……넌 이 학교에 대해 아는 게 뭐니?"

동그랗게 변한 현우의 두 눈을 보는 이성희의 한숨
이 짙어졌다.

2.
슈퍼스타(2)

체육대회.

그중 고등학교의 체육 대회라 함은 한국의 고등학생들에게 있어서 각 학교 축제보다도 더 재미있고 신나는 날이었다.

그도 그럴 것이 보통 축제가 있는 가을은 고등학생들에겐 그들이 한평생 공부한 것들을 평가받는 시험의 시기이기도 한 만큼, 학생들의 참여도 자체가 저조할 수밖에 없었다.

뿐만 아니라 각 특별활동 부스를 설치해둔들 애당초 학교에 그런 특별활동부가 있었는지조차 잘 모르는 경우가 대부분일 뿐 아니라, 억지로 부에 들어가 시간 때우기의 결과물로 내놓은 작품들을 감상하는 것이 재미있을 리 만무했다.

그러니 차라리 선생님이며 학생이며 모두가 참여하여 학교 운동장에서 시끌벅적하게 뛰어노는 체육대회가 학생들에겐 훨씬 인기가 좋은 것이었다.

거기에 올해 현우네 학교의 체육대회는 한 가지 일로 더 관심을 받고 있었기에 더욱 시끌벅적했다.

'장애물 경주라……'

얼핏 체육대회에 있어서 특별할 게 없어 보이는 시합이었지만, 이번에 현우네 학교에서 펼쳐질 장애물 경주는 그 스케일이 남달랐다.

현우가 알아본 바에 따르면, 올해 초 교육부며 국민건강증진재단 등의 정부 부처가 내놓은 '학생 체력 증진 계획'의 기획안에 따라 몇몇 학교가 그 계획의 시범학교가 되었다고 한다. 그리고 공립임에도 지역 내에서 꽤 좋은 성적으로 알아주는 현우네 학교가 그 중 하나가 된 것은 자연스러운 일이었다.

어쨌거나 그렇게 정부로부터 지원금을 받은 대부분의 학교는 지원금으로 체육대회 설비를 새것으로 바꾸거나 간단한 종목을 추가하는 식으로 진행을 했고, 본래 현우네 학교도 그렇게 진행을 할 생각이었다. 생각지도 못한 막대한 후원금만 없었다면 말이다.

올해 신입생 중 특별한 사람이 있었다. 그 신입생의 부모님이 학생들에게 많은 추억을 남겨주자는 좋은 의미로 큰 규모의 후원금을 쾌척했고, 그 결과 고등학교 체육대회라곤 생각하기 힘든 거대한 세트를 설치하기로 한 것이었다.

그리고.

"……용케 이만한 걸 운동장에 집어넣었군."

지금 현우네 학교 운동장에는 사람 키의 몇 배 높이, 길이 200여 미터에 이르는 거대한 세트장이 설치되어 있었고, 세트장에는 출발점으로부터 도착점까지 TV에서나 보던 다양한 장애물들이 빼곡했다.

"와아~ 어제는 뼈대밖에 없었는데 벌써 완성돼있네? 이런 걸 보면 확실히 피라미드는 사람이 만든 거라니까?"

현우가 장애물 경주 세트장을 구경하는 사이 그를 찾아온 이성희가 시답잖은 농담을 했다. 하지만 현우의 시선은 마땅히 대꾸할 말조차 없는 이성희의 농담

보단 세트장 곳곳에 설치된 마법 수식에 향해있었다.

'흐음 규모가 꽤 있는 세트라 그런가. 마법 장치가 꽤 설치되어 있군.'

매일 버스를 타며 보는 전력 발생장치부터, 특정 구역에는 안전 설비로 보이는 실드 마법, 함정으로 보이는 물웅덩이에는 지속적으로 물을 맑게 하는 정화 마법이 걸려 있었다.

뿐만 아니라 몇몇 함정은 아예 마법으로 작동하는지 군데군데 알람 마법을 응용한 센서들이 설치되어 있는 것도 보였다.

'특별히 대단할 건 없는 수식들이지만 기계 공학과 잘 맞물려서 최대 효율을 내도록 설치했군. 게다가 수식이 단순화되어 있으니 1클래스 마스터 정도의 마법사만 있어도 충분히 전체 세트를 조종할 수 있고, 복잡한 기계설비가 필요한 곳을 마법으로 대체하니 관리나 에너지 효율 면에서 압도적으로 좋아졌군.'

얼마 전 7클래스로 추정되는 마법사를 목격한 후, 그간 관심을 두지 않았던 이곳 세상의 마법에 대해 어느 정도 조사를 했던 현우였다. 물론 마법사가 아니라 마법에 대해 조사를 한 만큼 여전히 마법사들의 평균 수준도 제대로 알지 못하고 있었지만, 인터넷에서 쉽게 구할 수 있는 여러 기계장치의 표준 설계도 등을 통해 이 세상의 마법은 기계 공학과 결합된 마법이 주를 이루고 있다는 것 정도는 알고 있었다.

'호오, 마지막에 있는 건 클린 마법을 걸어둔 건가? 아마도 함정에 옷이나 몸이 더러워질 경우를 위한 거 같은데…….'

현우가 계속해서 설치된 장비를 살피는 사이, 시답잖은 농담이나마 먼저 말을 걸었던 이성희는 무안한 마음에 현우를 훑어보며 말했다.

"예전부터 생각했지만… 너, 체육복 진짜 안 어울린다."

"……응?"

비록 눈대중으로 확인하는 데 한계는 있었지만, 어느 정도 마법 장치들에 대한 파악을 끝낸 현우가 정신을 차릴 무렵 때맞춰 들려온 비난에 현우가 이성희를 향해 고개를 돌렸다.

"뭐, 뭐야 너 욕하니까 쳐다보는 거야?"

"딱히 의도한 건 아니었다. 그리고 체육복이 안 어울리는 것을 부인할 생각도 없고…. 다만 이 갑작스러운 비난이 아까의 시답잖은 농담 때문이라면 그저 대꾸할 가치가 없는 말이었다고 대답해주지."

"……너, 너무 직설적인 거 아니야?"

"난 언제나 그래왔다는 걸 네가 모르지 않을 텐데? 그리고 실제로도 내가 체육복이 어울리는 몰골은 아니지 않나?"

"아니, 그게 아니라…. 어휴~ 아니다."

자신을 보며 한숨을 쉬는 이성희의 행동에 현우는 혹시 무언가 또 다른 의미가 있는가 싶어 자신의 체육복 차림을 내려다봤다.

하지만 딱히 다른 건 없었다. 그저 자신이 얼마나 체육복과 어울리지 않는지 다시 한 번 확인하게 되었을 뿐.

반팔, 반바지에 하얀색과 파란색이 적절히 섞인 체육복은 여름의 더위를 잊게 하는 시원함을 담고 있었지만 체육복에 담긴 시원함보다 훨씬 싸늘하고 어두운 분위기의 현우였다. 게다가 인체 골격 표본을 연상케 하는 현우의 몸은, 신체 노출도가 높아짐에 따라 전신을 감쌌던 교복을 입었던 모습에 비해 그야말로 추레했다. 특히나 체육복을 입음으로써 두드러지게 된 동급생 여자애보다도 얇은 팔다리는 오늘 체육대회 일정을 무사히 마칠 수 있을까 의심이 들게 할 정도였다.

'이전보다는 나아졌지만… 그래도 역시 멀었어.'

비록 스스로는 멀었다고 했지만, 사실 지금 현우의 몸 상태는 이 세계에 온 이래 최고의 상태였다. 아니, 정확히는 매일매일이 최고의 상태라고 할 수 있었다.

마나 지배력이 상승함에 따라 현우 주변의 마나 밀도는 조금씩 높아지고 있었다. 이는 아직 성장기에 있는 현우의 몸에 영향을 주어, 쇠약해져 있던 몸을 회복시키는 것을 넘어서, 꾸준히 그 이상의 상태로 만드는 중이었다.

물론 이런 변화는 몸의 외부에 나타나는 것이 아니기 때문에, 남들이 보기엔 여전히 깡마른 몸의 시체 같은 몰골이었다. 하지만 드러나지 않게 성능이 상승한 현우의 몸은 이미 체력이나 근력, 운동능력 면에 있어서 보통의 성인 남성 수준을 웃돌고 있었다.

이것만으로도 평균의 체력을 가진 보통의 마법사들에 비해 신체능력은 뛰어난 편이었으나, 현우는 이에 만족할 생각이 없었다.

'나중에 6클래스 급이 될 때까지는 몸도 단련을 해 둬야겠군.'

마법을 사용함에 있어 신체의 제약이 거의 없는 언령사였지만, 고클래스의 마법은 강력한 마법이 많았기에 발동 후의 여파가 시전자에게까지 영향을 주게 마련이었다. 물론 이 부분 역시 언령사는 특유의 마나 지배력으로 여파를 줄이는 대응이 가능했다. 하지만 그럼에도 현우는 체력단련을 생각했다. 도전할 영역은 여태껏 아무도 시도해본 적 없는 미지의 영역이니만큼, 모든 부분을 완벽히 해두고 싶었기 때문이었다.

'사실 특별히 어려운 것도 아니니까.'

지금도 그렇지만, 마나 지배력이 상승함에 따라 현우 주변의 마나 밀도는 미묘하게 늘어나 있는 상태였다. 이는 신체에 꾸준히 영향을 행사하고 있었다. 목표치야 어쨌든 앞으로 꾸준히 영양분만 섭취해줘도 알아서 일정 수준까지는 좋아질 것이었다.

"현우야. 너도 금방…… 튼튼해질 거야. 안색도…… 많이 나아졌잖아?"

스윽.

자신의 말을 듣곤 어쩐지 정색한 것처럼 보이는 현

우의 모습에 어쩐지 미안한 마음이 든 이성희가 앙상한 현우의 팔뚝을 쓰다듬으며 현우에게 위로의 말(?)을 건넸지만, 말하는 중간 중간 줄어드는 음성 때문인지 설득력은 떨어져 보였다.

그때, 현우의 앞으로 한 무리의 여자애들이 나타났다.

체육복인지라 모두 똑같아 보이는 모습이었지만, 아마도 후배인 듯 개중에 몇 명이 이성희를 알아보고 고개 숙여 인사했다. 다른 한쪽에선 현우를 알아보고 작은 웅성거림이 생기기도 했다.

그리고 그때, 그들 무리에서 유달리 눈에 띄는 행동을 하는 여자애가 있었다.

흠칫!

현우와 눈이 마주치는 순간 눈에 띄게 동공이 흔들리고 어설프게 주춤주춤 뒤로 물러서는 예쁘장한 소녀. 바로 현우의 여동생 김예린이었다.

그녀는 요 며칠간 무슨 일이 있었는지 부쩍 수척한 얼굴이었다. 하지만 현우와 달리 수척한 지금의 모습도 충분히 아름다웠다. 이전에는 모두에게 애교 많고 자신감 넘치는 예쁜 소녀였다면 지금은 남성의 보호 본능을 자극하는 병약한 미소녀가 되어 있었다.

어쨌거나 현우와 눈이 마주친 후 뒷걸음질하던 김
예린은 그 짧은 시간에 무리의 중심에서 물러나 뒤편
에 서는가 싶더니 이내 주변을 두리번거리다 그녀와
현우의 사이에 사람들이 모여 있는 걸 확인했다.

그러곤 입술을 질끈 깨물며 현우를 노려봤다.

"······?"

"······."

난데없이 여동생의 열렬한 시선을 마주하게 된 현
우는 영문을 알 수 없는 아이콘택트에 잠시 그녀를 마
주봤다.

'몇 주 잠잠하더니··· 갑자기 왜 저러는 거지?'

최근 몇 주간 김예린은 갑자기 현우와 겹치지 않게
등하교를 할 뿐 아니라, 현우에 방에 찾아오지도 않았
다.

혹여 집에서 마주치기라도 하는 날엔 순식간에 자
기 방으로 들어가버리곤 했었다. 누가 봐도 일부러 피
하는 행동에 어리둥절했던 현우였지만 좋은 게 좋은
거라고 집안에서의 괴롭힘이 한 가지 줄어들었다는
사실에 그냥 만족하고 있었다.

하지만 그런 것은 집안에서만으로 충분했다. 굳이 학교에서까지 저렇게 티를 내며 행동을 하는 것은 현우의 동생임을 숨기고 있는 김예린 입장에서나, 동생이 김예린임을 숨기는 현우 입장에서나 그다지 좋을 게 없는 반응이었다.

'대체 왜 저러는 거야?'

"……."

이렇게까지 노려보는 데야 무언가 이유가 있을 거라 생각한 현우였지만, 무언가 크게 결심한 표정으로 현우를 노려보고 있는 김예린으로부터 알아 낼 수 있는 건 아무것도 없었다.

결국 현우는 그녀의 이상행동에 대응할 바를 못 찾고 먼저 시선을 피해버렸다. 그리고 이를 끝으로 곧장 일행을 따라 현우네 반대편, 1학년 학생들이 모이는 곳으로 걸어가버렸다.

'……사춘기 여자애들은 정말로 알 수가 없군.'

"현우야, 쟤 아는 애야?"

"그래, 아는… 애긴 하지."

그들 무리가 멀어지는 와중에도 여전히 열렬한 시선을 보내는 모습을 현우만 본 게 아닌지 이성희가 궁금하다는 듯 물었지만, 현우는 대충 대답을 얼버무리며 이성희의 시선을 피했다.

이제 와 김예린이 여동생임을 밝히는 것은 현우로선 극구 사양하고 싶었다.

이미 충분히 알려질 만큼 알려진 현우의 이름이었지만 장담컨대 김예린에 관한 일이 퍼지면 이보다 더한 관심을 받게 될 게 뻔했다.

'당장에 SNS에 퍼지기 시작한 것들도 막을 방법이 없는데 이 이상 소문을 늘려서 좋을 게 없지.'

며칠간 현우의 사진을 올린 SNS 관리자들을 찾아 초상권을 이유로 삭제를 요청했지만, 일개 개인이 인터넷의 파급 속도를 따라잡을 순 없었다.

이미 벌어진 일이야 어쩔 수 없겠지만 최소한 더 이상 일이 늘어나는 것만은 사양하고 싶은 현우였다.

그리고 이런 현우에게 있어 위기가 찾아왔다.

"흐응~? 그으래에?"

스윽.

현우의 의뭉스러운 대답에 한층 반짝이는 눈빛을 한 이성희는 금방이라도 추궁할 기세로 현우에게 반 걸음 다가섰고, 현우는 자연스럽게 그녀로부터 한 걸음 물러섰다.

"……응?"

자신은 반걸음 가까이 갔을 뿐인데 한 걸음을 훌쩍 멀어지는 현우의 행동을 보며 미간을 모은 이성희가 다시 한 걸음을 다가오며 입을 열려는 찰나, 그녀보다 먼저 입을 여는 사람들이 있었다.

"2반 모여라!"

"우리 반 모여!"

"4반 반장!"

타이밍 좋게도 운동장 한 켠에서 각반의 학생을 부르는 선생님들의 목소리가 울려 퍼졌다.

다른 애들이야 미적미적 그곳에 가도 좋을 테지만 반장인 이성희는 다른 애들보다 먼저 부르는 곳에 가야만 하리라.

"성희야! 이성희!"

그리고 때마침 그녀를 부르는 담임선생님의 목소리가 울려 퍼졌다.

이성희의 얼굴에 대번에 실망이 떠올랐고, 현우의 얼굴엔 은근한 미소가 떠올랐다.

"네~! 선생님 저 가요!"

짤랑짤랑한 목소리로 대답한 이성희가 빠르게 멀어지는 것을 보며 현우가 중얼거렸다.

"그럼… 오늘은 바닥에 룬어를 그려야 하려나……?"

느릿한 현우의 발걸음이 이성희의 뒤를 따랐다.

와글와글.

"방금 성희 선배랑 그 옆에는… '그' 선배지?"

현우와 이성희로부터 멀어지던 여학생 무리의 한 명이 이성희의 귀에 안 들릴 정도로 떨어졌다 생각했는지 조심스레 입을 열었다.

"응! 맞아, 우리 학교에 저렇게 생긴 선배는 한 명뿐이니까!"

"그런데 분위기 뭔가 묘해 보이지 않았어? 막 팔도 쓰다듬고……."

아마도 안타까운(?) 눈으로 현우를 보던 이성희의 모습을 착각한 말인 듯했지만, 반응은 뜨거웠다.

"꺄아! 학교에서 스킨십이라니 대담해!"

"역시 그때 일로 둘이 사귀게 된 거 아닐까?"

"에엑~ 그건 성희 언니가 너무 아깝잖아!"

"하지만 모르는 일이잖아, 들은 대로라면… 솔직히 반해도 할 말 없는 거 아니야?"

그들이 각자의 망상을 마구 떠들어대는 사이, 그들 무리의 외곽에 위치한 김예린으로부터 깊은 한숨이 흘러나왔다.

'그런 일일 리가 없잖아, 바보들아!'

"휴우~."

"응? 예린아, 왜 그래? 오늘도 몸이 안 좋아?"

그렇게 시끄럽게 떠드는 와중에도 김예린의 깊은 한숨 소리를 들은 그녀의 친구가 걱정스러운 듯 그녀의 상태를 물어왔다.

그 친절하고도 위안이 되는 목소리에 당장에라도 가슴에 담아둔 말들을 쏟아내고 싶어진 김예린이었지만, 이내 그런 마음을 감추고 걱정하지 말라는 듯 담담히 대답했다.

"…아니야. 오늘은 괜찮아."

"그래? 다행이다."

다행이라며, 예의 그 친절한 얼굴로 고개를 돌리는 친구의 모습에 김예린은 그녀들 몰래 파르르 떨려오

는 손을 팔짱 끼듯 겨드랑이에 숨겼다. 그녀의 사정이
야 어쨌든 그런 그녀의 모습은 꽤나 도발적으로 보이
는지라, 병약한 미소녀였던 그녀의 분위기를 금세 본
래의 김예린의 모습으로 환기시켜 주었다.

물론 현우와 만나기 전보다 한결 창백해진 얼굴만
은 어떡할 수 없었다.

그럼에도 다시 무리의 중심으로 몸을 옮겨 오고가
는 대화들에 조금씩 맞장구치는 그녀의 모습은, 최근
아프기만 했던 그녀의 모습에서 찾기 어려웠던 활기
였다.

그러나… 어떻게든 태평함을 연기하는 그녀의 속마
음은 그런 겉모습과 전혀 다른 것이었다.

꾸욱-.

'그 언니는 괜찮을까?'

현우의 옆에 서있던 이성희라는 선배가 떠올랐다.
알려지기로는 현우에게 큰 도움을 받았다는 선배였고,
그런 면에서 볼 때 현우 옆에 있는 게 크게 어색하지
않은 사람이었다.

그리고 조금 전 현우와 이성희의 자연스러운 스킨
십이나 대화로 볼 때, 어쩌면 그녀의 친구들이 말한

것처럼 그 둘이 어떤 특별한 사이인지도 몰랐다. 하지만… 할 수만 있다면 그녀 역시 데리고 와 현우의 곁에서 떼어놓고 싶은 게 김예린의 심정이었다. 그녀가 알고 있는 현우의 진면목을 알려주고, 속고 있는 이성희를 구해내고 싶었다. 그러나… 그런 행동을 하기엔 이미 김예린은 체력적으로나 정신적으로나 한계에 봉착해 있었다.

사실상 지금 그녀의 행동은 혹시라도 그녀를 향하고 있을 현우에게 보이는 허세에 지나지 않았다.

'너무 무서웠어…….'

정말이지 될 수 있는 한 보고 싶지 않았다.

만약 오늘 친구들이 없었다면, 그리고 그런 친구들을 길게 훑어보는 그의 시선이 아니었다면, 그녀는 절대로 그것을 마주 보지 않았을 것이다. 두 눈에 힘을 주고 씨알도 먹히지 않을 위협을 하는 만용 따위 부리지 않았으리라.

그 새카만 두 눈, 빛 한 점 들지 않는 어두침침한 두 구멍.

그 새카만 동공이 그토록 무섭다는 걸 왜 여태껏 몰랐을까?

오랜만에 마주 본 현우의 두 눈은 마치 불 꺼진 과학 실습실, 해골 모형에 난 구멍을 보는 것처럼 깊고 캄캄했다.

그것은 단순히 현우의 모습이 해골처럼 마른 탓에, 눈가가 푹 꺼져 보여서 그런 게 절대 아니었다.

마치 그 안에 있어야 할 무언가를 잃어버린 듯, 빛 한 점 남아 있지 않은 두 눈은 어쩐지 전보다 창백해 보이는 얼굴과 대비되어 더욱 무서워 보였다.

그 순간.

스스슷―.

그녀의 시야에 허공 가득 하늘색의 가루 같은 게 들어왔다.

그걸 보는 그녀의 안색은 한층 창백해졌고 양팔을 겨드랑이에 낀 채 그녀, 김예린은 고개를 좌우로 힘껏 도리질 쳤다.

도리도리.

그리고 다시 그녀가 눈을 떴을 때.

하늘색의 가루는 사라져 있었다.

꿈뻑꿈뻑.

"예린아, 왜 그래?"

"응? 아니, 갑자기 벌레가 얼굴에 날아와서……."

"푸후훗! 그게 뭐야 팔짱 낀 걸 풀면 되잖아."

"아… 헤헤헤. 그렇네."

그렇게 말하며 귀엽게 웃어 보이는 김예린이었지만, 그녀의 등에는 식은땀이 한가득이었다.

'오늘만 세 번째야…….'

그녀의 눈에 저 가루가 보이기 시작한 건 새벽의 길거리에서 불꽃을 뿌리던 마법사를 본 다음부터였다.

처음엔 그녀가 봤던 골목을 가득 채우던 불꽃의 잔영이 시야에 남아 있는 거라고 생각했다.

잠시 눈을 감았다 뜨면 금방 사라지는, 허공에 점점이 박힌 가루였기에 그런 것이라 생각했다.

하지만… 날이 갈수록 더욱 짙어지고 더욱 많이 보이기 시작하는 가루들은 어느 순간부턴 두 눈을 손으로 한참 가리고 있어야 사라졌고, 조금 더 지나선 가린 손으로 눈을 꾹 눌러줘야만 보이지 않게 할 수 있었다.

그로부터 몇 주가 지난 지금은 눈을 꼭 감고 머리가 다 휘날리도록 고개를 흔들어야 보이지 않게 할 수 있었다.

'마나 같은 거… 보지 않았으면 좋을 텐데…….'

먼지와도 같이 아무렇게나 퍼져 있던 하늘색 가루의 정체.

그건 김예린의 눈으로 본 마나였다. 그리고 놀랍게도 그것의 정체에 대해 김예린은 정확히 알고 있었다.

물론, 처음엔 그녀도 설마 그게 마나일 것이라곤 생각도 하지 못했다.

아니, 마법이라는 게 흔해진 세상에서도 실제로 마법을 접할 일이 별로 없는 보통의 사람은 마나 같은 걸 떠올릴 수조차 없었다.

그저 그날 밤의 충격이 눈의 잔상으로 남은 것이리라 생각했을 뿐.

하지만 나날이 늘어가는 잔상과, 그럴수록 선명하게 기억나는 '그날의 기억'에 두 눈을 감고 침대에 누워 눈물을 흘리던 어느 날.

그녀의 눈물로 베개가 축축해졌던 그날, 김예린 그녀는 마나의 속삭임을 들을 수 있었다.

자신이 바로 세상의 근원이라고 외치는 그들의 소리를 들을 수 있었다.

처음 소리를 들었을 땐 모기의 앵앵거림과 같은 간

지러운 소리에 한참을 귀를 문질러 속삭임을 떨쳐냈다.

하지만 마나의 집요하고도 친절한 속삭임을 통해 그녀는 자신의 눈에 보이는 게 바로 마법사들이 사용한다는 마나임을 알게 됐다. 그리고 자신이 이 세상에서 드물게 직접 마나를 볼 수 있는 사람이 되었음을 알게 되었다.

원래대로라면 일정한 경지에 오른 뛰어난 마법사만이 마나를 직접 두 눈으로 확인할 수 있었다.

하지만 그녀는 그녀의 일생에 있어 가장 충격적인 마법 사용 장면을 머릿속에 담으면서, 당시 현장에 널리 퍼져있던 마나의 이미지까지 머릿속에 복제하게 되었다.

그렇게 머릿속에 각인된 마나의 이미지의 여파로, 마법이라곤 모르는 그녀가 마나를 직접 보게 된 것이었다.

이는 사실 마나를 다루는 모든 이들에게 있어서 축복과도 같은 일이었다.

자신이 다루는 마나를 직접 눈으로 확인할 수 있다는 것은 그만큼 섬세한 마나 운용을 할 수 있다는 말과 같았다.

상상으로 만든 머릿속의 모래사장에서 모래성을 쌓았을 때와 실제 모래사장에서 눈에 보이는 모래로 모래성을 쌓았을 때의 모래성의 디테일은 하늘과 땅 차이일 테니 말이다.

하지만 그녀는 이런 축복을 원치 않았다.

그녀가 이 특별한 능력을 얻게 된 계기, 그 사건은 그녀로선 더 이상 기억하고 싶지 않은 것이었다. 하지만 머릿속에 각인된 마나의 이미지는 그 사건을 기반으로 한 바, 마나가 눈에 보일 때마다 그 당시의 장면이 떠오르는 건 피할 수 없었다.

"욱……."

시도 때도 없이 보이게 되는 마나와 그와 함께 자동으로 재생되는 당시의 상황은 이젠 많이 익숙해졌다고 생각했음에도 매번 그녀에게 고통을 느끼게 했다.

'으으… 또……!'

도리질 쳐서 마나를 털어낸 지 고작 사흘밖에 지나지 않았건만, 벌써 효력이 다한 것인지, 어느새 그녀의 시야에 다시 하늘색 가루가 보이기 시작했다.

허공에 가득한 하늘색 가루들은 빼곡하다 할 만큼 주변을 뒤덮고 있었지만 어째선지 그게 시야를 불편하게 하지는 않았다.

다만 함께 떠오르는 기억이 불쾌한 감정을 가져다줄 뿐.

머리를 도리질 치는 것 외에 그 이상의 격한 행동이 떠오르지 않았기에, 그녀는 자연스레 무리의 중심에서 나와 친구들의 뒤를 따랐다.

그녀의 시야에 마치 튀김가루를 입힌 것처럼 친구들의 몸을 빼곡하게 덮고 있는 하늘색의 가루가 보였다.

그리고 저 멀리, 느릿하게 걸어가는 한 남자의 주변으로 새파랗게 모여 있는 가루들도 볼 수 있었다.

'며칠 전보다 더 짙어졌어…….'

그녀가 집에서 마나를 볼 때면 현우의 방 주변이 유달리 파랗게 빛나는 것을 볼 수 있었다. 그리고 날이 갈수록 그 빛이 점차 짙어지는 것도 확인 할 수 있었다.

'무서워…….'

지금 당장에라도 저 멀리서 또렷이 보이는 파란색

가루가 새파란 불길로 변해 당장에라도 그녀와 그녀의 친구들을 덮쳐올 것만 같았다.

부르르르-.

상상만으로도 소름끼치는 불꽃의 모습에 몸을 떨던 그녀에게 또 다른 친구가 다가왔다.

"예린아? 추워? 정말 괜찮은 거야?"

"응? 아, 응… 아직 아침엔 조금 추운 거 같네."

자신이 떠는 모습을 확실히 본 친구에게 차마 아니라고 할 수 없던 그녀는 거짓말을 할 수밖에 없었다.

"오늘따라 자꾸 바깥에서 걸으니까 그렇지!"

"예린이 춥대? 여기 가운데로 데려와."

"맨날 가운데에서 우리를 이끌던 아가씨가 왜 이러실까?"

"우리 반 모인 곳에 선생님 계신 거 같으니까 가서 말하자."

꾸욱-!

그녀가 춥다는 말을 하기 무섭게 순식간에 그녀의 어깨와 허리를 잡아끌어 무리의 한가운데로 밀어 넣는 그녀의 친구들이었다.

개중에는 위에 덧입었던 동복 체육복을 벗어 그녀

에게 덮어주는 친구도 있었다.

"고, 고마워,"

그녀는 친구들의 그런 배려에 금방이라도 눈물이
나올 것만 같았다.

차갑게만 보이는 파란 가루들에 한껏 둘러싸여 있
는데도 어쩐지 온기가 느껴졌다.

아니, 실제로도 그녀는 그녀의 친구들 사이에서 온
기를 느끼고 있었다.

촉촉하게 눈물을 머금은 그녀의 두 눈이 은은한 청
색으로 빛났다.

3.

체육대회

체육 대회의 개회식은 지루했다.

아무도 귀담아듣지 않는 교장 선생님의 훈화부터, 난생처음 들어보는 직위를 가진 여러 내빈들의 간단한 인사말, 다치지 말고 열심히 하라는 체육선생님의 당부의 말들까지.

당연하다면 당연한 것이지만, 현우는 처음 개회식이 시작한 이래로 단 한 번도 고개를 들고 단상을 본적이 없었다.

큰 키와 특이한 외모 때문에 툭 튀어나와 보이는 현우였으니, 여태껏 저 앞에 선 사람들은 그런 현우의 모습을 모두 보았을 것이다. 게다가 단순히 보지 않는 정도가 아니라 지루하다는 듯 신발 앞코로 연신 바닥에 낙서를 하고 있으니 무례하게 보일 수밖에 없었다.

그리고 현우는 자신이 튀는 행동을 하고 있음을 확실히 인지하고 있었다. 또한 이런 특별한 장소에서 대표가 되는 인물의 말에 집중하지 않는 게 바르지 못하다는 것 역시 알고 있는 현우였다. 하지만 현우는 이런 행동을 멈추지 않았다. 아니, 멈출 생각조차 해보지 않았다고 하는 게 더 좋으리라.

그도 그럴 것이, 지금 그를 움직이게 하는 원동력은 현우가 가진 '자신을 위한, 자신에 의한 이기적인 바름'이었기 때문이다. 탓에, 그의 머릿속에서는 이미 충분한 자기 합리화가 끝난 뒤였다.

'음… 이렇게?'

신발 앞코로 바닥에 낙서를 하는 현우의 얼굴엔 사뭇 진지함이 서려있었다.

'확실히 이렇게 하면 마나 가용량은 늘어나지만… 마법진 전체에 골고루 퍼지는 데 시간이 걸릴 거 같은데……. 직접 마법을 실험해 볼 수 없으니 답답하군.'

바닥엔 보안을 위해 현우가 점, 선, 면으로 단순화

한 룬어와 수식들이 가득했고 현우는 지금 막 기존에 개량했던 것보다 조금 더 나은 효율을 보이는 마법진 배치를 찾아낸 참이었다.

'이론적으론 부족함이 없지만… 마법이 펼쳐질 때 주변 환경의 마나 밀도 수치 등의 변수를 생각하면……'

그렇게 현우가 새롭게 발견한 내용에 한참 심취하려는 찰나, 여태껏 평소와 전혀 다를 바 없는 하루를 보내던 그의 관심을 이끄는 소리가 운동장 스피커를 통해 울려 퍼졌다.

삐이익-.

[아아. 이번엔 오늘 세트장 관리 및 이용에 도움을 주실 국가 공인 2클래스 마법사 김택용 마법사님의 인사가 있겠습니다.]

'국가 공인 마법사?'

귀가 솔깃하지 않을 수 없는 단어였다.

얼마 전 7클래스로 추정되는, 자칭 국가 공인 5클래스 마스터의 마법사를 보았던 현우였기에 절로 고개가 단상을 향했다.

[안녕하십니까? 학생 여러분. 방금 들으셨다시피

오늘 여러분의 체육대회를 돕게 된 2클래스 마법사 김택용입니다.]

'에이 뭐야, 진짜 2클래스네.'

단상에 선 남자의 모습은 우리가 흔히 상상하는 마법사의 모습과는 사뭇 다른 모습이었다. 저번에 만났던 공인 5클래스의 마법사처럼 말끔하게 빼입은 정장을 입은 평범한 사회인의 모습이었고, 꽤나 미끈한 얼굴을 하고 있었다.

그러나 그런 외형 따윈 현우에게 아무런 관심의 대상이 되지 못했다. 간단하게 김택용 심장에 걸린 고리가 두 개임을 확인한 현우가 다시 고개를 푹 숙이며 대놓고 실망을 표했다.

현우에게 현대의 마법사들에게 완전히 관심이 없느냐고 묻는다면, 그것은 아니라고 부정할 현우였지만, 그렇다고 한들 2클래스 수준의 마법사에게까지 흥미가 있는 것은 아니었다.

사실 이곳에 고 서클의 마법사가 올 리가 없다는 것쯤은 현우도 알고 있었다. 아까 현우가 확인했던 세트장의 운용 기준만 해도 1클래스 마스터면 충분했다. 그런데 2클래스가 왔다면 나름 신경 써서 보냈다는 의미일 것이다.

'굉장히 말이 많군.'

말 한 마디 한 마디를 진중하게 해야 할 마법사라기
엔 꽤나 수다스러운 김택용의 인사말은, 어느새 꽤 길
게 이어지고 있었다. 게다가 어느 순간부터는 인사 같
은 게 아니라 국가 공인 마법사란 명칭이 주는 자부심
과 혜택 등을 강조하며 마법사의 장점을 설파하는 내
용뿐이었다.

결국 김택용의 말로부터 완전히 귀를 뗀 현우는 다
시 바닥에 낙서(?)를 하기 시작했다. 그리고 이런 현
우의 모습은 한창 마법사 자랑을 하던 김택용의 눈에
정확히 포착되었다.

'거 키도 멀대같이 큰 놈이 뻔히 보일 거 알면서
대놓고 딴짓을 해?'

사실 처음부터 현우에게 주목하고 있던 김택용이었
다.

특이한 외모와 큰 키가 두드러진 탓도 있고, 정확히
무엇이라 꼬집어 말 할 수 없는 위화감을 현우로부터
느끼고 있었던 탓이기도 했다.

그런 와중에 현우가 대놓고 실망한 표정을 지으며

딴짓을 하기 시작하니 젊은 나이에 국가공인 2클래스에 오른 그의 광나는 프라이드에 흠집이 생겨버렸다.

'이놈 이따가 세트장 오면 보자.'

어른으로서, 나름 지위가 있는 인물로서 자신의 말에 집중하지 않는 학생 하나를 두고 대놓고 열을 올릴 수 없던 김택용은 조만간 있을 장애물 경주에서의 복수를 꿈꿨다.

현우가 그곳에 참가하게 될지 안 될지는 모르지만, 만일 참가하게 된다면 그곳 장치가 모두 김택용의 지휘 아래 있는 바, 학생 하나 골탕 먹이는 것쯤은 식은 죽 먹기나 다름없었다.

그리고 같은 시각 현우는……

중얼중얼.

'일단 약식으로라도 펼쳐볼까? 불안하긴 하지만 아예 안 해보는 것보다는 나을 테니까… 아니 그보다 저 사람은 언제까지 말을 하려는 거야? 빨리 실험해보고 싶은데…….'

김택용이 원하는 바와는 많이 다른 의미로 김택용에게 관심을 두는 중이었다.

　　　　*　　　　　*　　　　　*

　'저게… 마법사?'

　김예린은 자신의 눈을 몇 번이고 비벼가며 김택용
의 모습을 바라봤다. 그리고 머리를 모로 기울이며 갸
웃거렸다.

　'뭔가… 다른데?'

　국가 공인 마법사라면 분명 김택용은 마법사가 틀
림없을 것이다. 하지만 어째선지 그녀가 알고 있는 마
법사의 모습과는 다른 점이 있었다.

　"심장만 빛나잖아?"

　마나를 보는 그녀의 두 눈은 꽤 먼 거리임에도 김택
용의 심장에 위치한 선명한 빛의 파란 고리 두 개를
확인할 수 있었다. 그리고 이런 마나의 형태는 그녀가
알고 있는 마법사의 모습과는 완전히 달랐다.

　한참 동안 김택용의 고리를 살피던 그녀가 이번엔
고개를 돌려 저 멀리, 김택용보다도 훨씬 멀리 떨어져
있음에도 선명하게 보이는 파란색의 인간 형상을 바
라봤다. 조금 전까지의 그녀였다면 파란 형상을 흘끗
바라보는 것도 힘들었을 테지만, 친구들이 북돋아준

온기와 보통의 눈으로는 까만 머리밖엔 보이지 않을 먼 거리가 그녀에게 용기를 주었다. 그 용기를 바탕으로, 새파란 인간 형상을 자세히 살펴보았다.

하지만.

'분명 없는데?'

저 파란색 인형에겐 국가 공인 마법사와 같은 파란 빛의 고리가 없었다. 처음엔 겁에 질려 있는 바람에 놓쳤을 것이라고 생각했다. 혹은 그의 주변에 모인 파란빛이 너무 강해서 안쪽의 파란 고리가 보이지 않는 게 아닐까 생각하기도 했다. 하지만 그녀가 이 특별한 눈을 가지게 된 후 눈이 뜨여 있는 동안엔 그녀의 시야 내에 존재하는 마나를 완벽하게 감지할 수 있었기에, 그건 아니란 생각이 들었다.

'그렇다면… 어느 한쪽이 잘못된 건가?'

한쪽은 국가가 공인하는, 특별한 마나 고리를 가진 마법사이다. 그렇다면 평범한 사람과 다를 바 없는 형태에 색만 진한 쪽이 이상한 게 아닐까.

'혹시… 여태 잘못 생각하고 있었던 걸까?'

지금 와서 하기엔 꽤 늦은 감이 있는 생각이었지만, 사실 그녀는 사건이 있던 날 밤, 그 마법사의 얼굴을 확인하지 못했었다.

다만 사건이 있기 전까지 그 뒤를 쫓으며 본 전체적인 외형이 현우와 같았다는 것만 확인했을 뿐이었다. 그리고 이런 특별한 능력이 생긴 이후론 남들보다 두드러지게 많은 마나양을 가진 현우를 보고 현우가 바로 그 마법사라고 확신을 하고 있었다.

하지만… 만약 현우가 아주 드물게 남들보다 많은 마나를 가진 것뿐이라면?

"……설마."

사실 실제로도 그녀는 평범한 민간인임에도 꽤 많은 마나를 가진 사람을 본 적이 여러 번 있었다.

물론 그 양이 현우만큼 압도적이진 않았지만 그들도 다른 사람들과 비교하면 꽤 많은 양의 마나를 가지고 있었고 그만큼 조금 더 짙은 색을 띠고 있었다.

그리고 그녀는 세상의 모든 사람들이 각자 지닌 바 마나양이 제각각이라는 것 역시 그간의 경험을 통해 알고 있었다.

"……."

꾸욱―.

절로 손가락에 힘이 들어갔지만, 아직 단언하기는

일렀다.

국가 공인 마법사가 진짜 마법사라는 것은 확실하지만 그렇다고 현우가 마법을 못 쓴다는 확실한 물증도 없었다.

비록 국가 공인 마법사와는 다른 형태지만 많은 마나를 가지고 있는 만큼 조금 다른 방법으로 마법을 사용할지도 모르는 일이었다.

'확인해 봐야겠지?'

현우가 그 마법사가 아닐지도 모른다는 의심이 들기 시작하자 어쩐지 조금 자신감이 생긴 그녀였다.

'하루 종일 쳐다봐 주겠어.'

만약 현우가 마법을 사용한다면 그녀의 눈에 어떤 식으로든 보일 것이리라.

그때 마침, 마법사 자랑하기를 끝낸 김택용이 거창한 주문과 기묘한 손짓으로 학생들의 시선을 모으는가 싶더니, 이내 자신의 심장으로부터 마나를 뽑아내 영롱한 빛깔의 매직 미사일을 시연해냈다.

1클래스의 전투 마법인 매직 미사일의 신비로운 빛을 학생들에게 들어 보인 그의 얼굴엔 위풍당당한 자신감이 녹아들어 있었다.

이를 보는 학생들의 눈이 반짝였고, 김예린의 눈 역
시 푸른빛으로 반짝였다.

조금 전 김택용이 마법을 사용하던 모습과 마나의
움직임은 그저 현우의 몸 주변을 떠다니는 것밖엔 하
지 않던 마나들과는 확연히 다른 모습이었다.

'어쩌면… 정말로……!'

김예린의 자신감이 조금 더 늘어나는 순간이었다.

＊　　　　　＊　　　　　＊

체육대회는 순조롭게 진행되었다.

학년별로 나눠 계주 등 간단한 경기들을 하고, 한
켠에서는 체육 선생님의 주관 아래 농구 경기가 펼쳐
지고 있었다.

또한 여학생들을 위한 핸드볼 경기와 반 대항 피구
시합도 진행되었다.

흥미진진한 경기들이 펼쳐졌지만, 대다수 학생들의
시선은 그런 잡다한 경기들보다도 운동장 한가운데서
거대한 위용을 뽐내고 있는 장애물 경주 세트장에 가
있었다.

그리고 이번에 갑작스레 추가된 경기와 세트장에 시선이 가 있는 것은 비단 학생들뿐만이 아니었다.

세트장이 잘 보이는 단상 쪽엔 지역 신문의 신문기자들과 인터넷 뉴스의 기자들이 세트장이 가동 중인 모습을 찍기 위해 카메라를 잔뜩 설치해두고 대기하는 중이었다.

하지만 그런 와중에도 다른 곳을 찍는 카메라는 존재했다.

앞으로 길게 튀어나온 렌즈부터 평범해 보이지 않는 카메라 한 대가 체육 대회가 시작한 직후부터 내내 한 학생만을 찍고 있었다.

'이번 체육대회를 누가 후원했는지는 물어볼 필요도 없겠군.'

카메라 렌즈가 향하는 곳을 확인한 현우의 감상이었다.

그 렌즈가 향해 있는 곳은 1학년들이 자리 잡고 있는 운동장의 구석이었다. 그곳엔 긴 머리를 뒤로 넘겨 질끈 묶고, 몸에 잘 맞는 체육복으로 늘씬한 몸매를 드러낸 채 맑은 웃음을 짓고 있는 소녀, 바로 서보람이 있었다.

뿐만 아니라 서보람과 잘 아는 사이인 듯, 이 세트장의 총 책임자인 국가 공인 마법사 김택용이 연신 서보람에게 굽실거리고 있었다. 아니, 굽실거리는 정도를 떠나서 손끝에 반짝이는 무언가를 만들었다 없앴다 하며, 일종의 재롱까지 부리고 있었다.

그녀의 부모님은 나름대로 학생들에게 알려지지 않게 후원을 한 듯싶었다. 그러나 서보람 앞에서 마나를 낭비하는 걸로도 모자라 헤픈 웃음을 지으며 연신 고개를 꾸벅이는 김택용을 보면, 이번 체육대회 규모가 이렇게 커진 이유를 누구라도 알 수 있을 게 뻔했다.

'뭐… 딸이 친구들과 친하게 지내고 학생 간에 위화감을 주지 않을 생각을 한 것까진 좋지만… 저런 사람을 보내서야 의미가 없잖아?'

처음 단상에서 인사를 할 적엔 그토록 자부심을 드러내며 큰소리치던 인물이었다. 그런데 간신배를 연상시키는 쥐새끼 같은 얼굴을 한 채 어린 소녀 앞에서 굽실거리는 지금의 모습은, 꽤나 불유쾌했다.

'마치 자기가 마법사 대표라도 된 것처럼 떠들어대더니 너무 꼴사나운 것 아닌가?'

비록 이곳 세상의 마법사도 아니고, 언령사로서 평

범한 마법사와는 궤를 달리하는 현우였지만 김택용의
모습엔 어쩐지 화가 났다.

'그나저나… 저것까지 세 가지 방법으로 웃는 건
가?'

의도한 것은 아니었지만, 서보람을 꽤 오래 관찰하
게 된 현우였다. 탓에 그녀가 이전에 보여준 것과 달
리, 본인의 기질과 꽤나 잘 어울리는 싱그러운 웃음을
짓는 것을 보고 새삼 그녀의 능력에 놀라고 있었다.

'어린 나이에 사람에 따라 사용할 웃음을 저렇게나
갖고 있다니…….'

사람에 맞춰 표정을 짓는 것은 백전노장의 정치인
들 사이에선 당연한 일로, 그들이 사람을 만나는 생활
을 하는 한 일상과도 같은 것이었다. 하지만 그건 그
만큼 나이를 먹고, 연륜을 쌓아 사람을 판별할 수 있
는 눈을 가졌기 때문에 가능한 일이었다.

그에 반해 서보람의 나이는 고작 17세. 보통의 방
법으로는 사람을 구분하기는커녕 웃음 세 가지를 연
습하는 것도 힘들 나이였다.

'뭐, 그래도 사람을 파악한다기보다는 나이를 기준
으로 삼는 거 같긴 하다만…….'

본의 아니게 서보람을 관찰하게 된 현우는 서보람이 싱그러운 미소를 짓는 것은 그보다 연장자가 대상일 경우라는 것을 파악할 수 있었다.

그리고 일전에 현우에게 보여줬던 우아한 미소나 아름다운 웃음은 동성, 내지는 이성의 또래들에게 사용을 하고 있었다.

'자신이 가진 매력을 분할해서 사용하는군. 분위기를 환기하는 맑은 미소는 의도적으로 자신을 어리게 보이게 해서 어른들로부터 관심과 보호 본능을 이끌어내기 위한 건가? 우아하거나 아름다운 건 주변 나이가 비슷한 사람들을 홀리는 용도인 거 같고 말이지.'

이렇게 미소를 마주하는 입장이 아니라 제삼자의 입장에서 그녀를 관찰하고 있으니 그때의 불쾌한 감각에서 벗어나 그녀의 행동을 객관적으로 분석 할 수가 있었다.

그리고… 현우의 서보람에 대한 관심은 그녀가 미소를 사용하는 방식과 대상, 딱 거기까지였다.

어린 소녀에게 저렇게 철저한 행동 양식을 심어주고 훈련시킨 집안이 조금 궁금하긴 했지만 그와 직접

적으로 연관이 있는 게 아닌 만큼, 굳이 파헤쳐서 알고 싶지 않은 게 현우의 심정이었다.

또한 만약 정말 대단한 집안의 자제라면 언제고 밝혀질 일임을 알고 있기에 현우는 이에 크게 관심을 두지 않았다.

하지만 막상 관심을 끊고 나니 이번엔 딱히 할 일이 없었다.

많은 학생들이 운동장 한가운데 장애물 경주 세트장에 관심을 두고 있었지만 이미 작동 원리를 모두 파악하고 머릿속으로 시뮬레이션까지 끝낸 현우에겐 이미 관심 밖의 물건이었다.

물론 작동되기 전엔 알 수 없는 몇 가지 장애물들이 있긴 했다. 하지만 그 세트를 조종하는 게 2클래스 마법사인 이상, 그곳에 적용되었을 마법들 수준도 빤한 것이었다. 그러니 현우의 관심을 끌기엔 부족한 면이 있었다.

'시간이 아깝군.'

본래대로라면 마법진을 연구하고 있어야 했지만, 평소 수업시간이라면 모를까 이렇게 탁 트인 운동장에서 따로 떨어져 연구를 하고 있기엔 현우가 최근 받고 있는 관심이 너무 컸다. 게다가 지금 현우가 필요로 하는 건 아까 알아낸 마법진의 실험 결과였다.

약식으로 실험을 할 테지만 본래 6클래스 급을 위한 마법진이니 어떤 식으로든 여파가 있을 가능성이 컸다. 즉 함부로 실험을 할 수도 없다는 얘기였다.

'어쩐다? 딱히 출전 종목이 없긴 하지만 갑자기 사라지면 그건 그거대로 골치 아플 텐데……'

실험을 할 동안 잠시 어디든 들어가서 잠적을 할까도 싶었지만, 현우를 찾을 리 없는 선생님들이야 문제없다 쳐도 최근 현우의 곁에 딱 달라붙어 다니는 이성희에겐 변명할 말이 빈곤했다.

그런데 이때, 현우는 물론 모든 학생들의 시선을 모으는 방송이 울려 퍼졌다.

삐이이익.

[아아, 지금부터 장애물 경주를 시작하겠습니다. 각 학년, 각 학급의 참가 선수들은 세트장 출발점 앞으로 모여주시기 바랍니다. 다시 한 번 알려 드립니다……]

방송이 나오기 무섭게 운동장 곳곳에서 경주에 참가하는 학생들이 모여들어 순식간에 출발점 부근을 가득 채워나갔다.

"이거라도 구경하고 있어야 하나……."

경주 내용에 큰 관심은 없지만 딱히 할 일이 없던 현우로선 시뮬레이션 해봤던 장치들이 실제로 움직이는 모습을 보는 것이 위안이 될 터였다.

그렇게 현우가 구경하기 좋은 장소를 물색해나가던 찰나, 다시 한 번 방송이 울려 퍼졌다.

[아, 3학년 5반 김현우. 3학년 5반 김현우. 장애물 경주 세트장 앞으로 오시기 바랍니다.]

"……?"

난데없이 학교 운동장에 울려 퍼지는 자신의 이름에 당황한 현우였지만 아마도 장애물 경주에 참여하기로 한 이성희가 불렀을 거란 생각에 세트장 앞으로 갔다.

그리고 현우로선 꽤나 당혹스러운 말을 듣게 되었다.

"……나도 참가자라고?"

"그래."

"……나는 동의한 적이 없는 걸로 아는데?"

현우의 말에 이성희가 살짝 입을 가리며 반달이 된

눈을 하곤 대답했다.

"호호, 체육 대회는 모두 최소 한 종목 이상 강제로 참여해야 한다고. 그리고 남는 경기에 남은 사람이 들어가는 건 당연하지."

"거기까진 납득할 수 있다만… 그런데 왜 하필 이 거지? 장애물 경주는 신청자가 많아서 참여자를 선별한 걸로 아는데."

"에… 그건… 내가 반장 권한으로 미리 한 자리 빼 뒀으니까?"

"……직권 남용이로군."

불만 가득한 얼굴로 중얼거리는 현우를 보며 배시시, 만족스러운 웃음을 지은 이성희는 막무가내로 현우를 붙잡아 출발 번호를 뽑게 했다.

'음… 5-5라.'

"다섯 번째 출발에 다섯 번째 라인이란 말이지? 맨 끝 라인이네?"

끄덕-.

세트장은 규모에 걸맞지 않게 동시에 출발할 수 있는 인원이 한정되어 있었고, 한 번에 5개의 출발점에서 출발하여 들어온 순서대로 기록을 측정하는 방식이었다.

"넌 번호표를 안 뽑는 건가?"

"응? 뽑았잖아."

현우가 번호표가 담긴 상자에서 번호를 뽑을 때 그의 바로 뒤에 서있었던 이성희였다. 하지만 그녀는 현우가 뽑는 번호만 확인했을 뿐 정작 그녀 자신은 뽑지 않았다.

혹시 먼저 뽑은 것은 아닌가 싶어 출발 번호를 기록하는 곳에서 이성희를 찾아봤지만, 이성희의 이름은 현우의 이름 옆에 바짝 붙어 있을 뿐 응당 써 있어야 할 다른 숫자가 없었다.

아니, 자세히 보니 모두가 그런 식이었다. 두 개의 이름 위로 출발 순서와 라인 번호가 써 있었다.

"이거 설마……."

"이제 알아챈 거야?"

'……2인 경주였다니.'

사실 현우 역시도 처음 장애물들을 확인했을 때, 혼자서 통과하기엔 난이도가 높은 장애물들이 있는 거 같아서 조금 놀랐었다. 그러나 2인 1팀으로 진행되는 경기라면 난이도가 납득이 되었다.

하지만 문제는 그런 게 아니었다.

"으음……."

"호호훗! 내가 있는 이상 대충 할 생각은 말라고?"

이성희가 예상했듯, 사실 현우는 대충하는 시늉만
하고 초반에 탈락을 하고 내려올 생각이었다. 그랬기
에 이곳에 불려와 이성희가 멋대로 자신을 뽑고 추첨
상자 앞에 떠밀었을 때도 별말 없이 참여했었다. 그러
나 이성희가 있는 이상 현우가 준비한 꼼수는 통하지
않을 게 뻔했다.

"으으음……."

연신 침음성을 삼키는 현우를 보며 승리의 포즈를
해보인 이성희가 현우의 팔을 이끌고 대기 라인에 줄
을 섰다.

그때 현우에게 인사를 건네는 사람이 있었다.

"아! 안녕하세요, 선배님?"

"너도 참가하나 보군."

긴 머리를 뒤로 묶어 긴 목이 두드러져 보이는 미소
녀 서보람이 현우의 바로 옆 대기 줄에 서 있었다.

"네, 마침 선배님이랑 같은 5번째네요."

아직 특징이 드러나지 않은 은근한 미소를 입가에

띠운 서보람은 자신이 뽑은 번호가 적인 종이를 들어 보였다.

"라인도 바로 옆이로군."

"후후… 신기하게도 말이죠."

어쩐지 꺼림칙하게 들리는 서보람의 말에 잠시 입을 달싹였던 현우였지만 이내 바로 옆에서 불쑥 튀어나오는 이성희 덕분에 입을 다물 수밖에 없었다.

"어머! 또 보네? 니가 서보람이지? 같이 경주를 할 거 같은데 잘 부탁해."

"……저번에 현우 선배를 찾아갔을 때 옆에 계셨던 선배시군요? 이. 번. 에. 도 옆에 계시네요."

특정 부분에서 강한 어조로 말을 하는 서보람의 말을 들은 이성희는 웃는 표정 그대로 딱딱하게 얼굴을 굳히곤 서보람의 말을 받았다.

"……그래, 어쩌다 보니 이. 번. 에. 도 또 같이 있네? 그리고 같은 반이니 앞. 으. 로. 도 같이 있겠지?"

"후후… 아마도요?"

왠지 이성희에 비해 여유 있어 보이는 표정의 서보람의 대꾸에 이성희의 굳은 표정 위로 미묘한 균열이 일었지만… 거기까지였다.

"4번 준비하세요!"

줄을 선 지 얼마 안 된 것이 분명한데, 도대체 어떻게 된 것인지, 앞 조의 사람들이 줄줄이 탈락을 하고 있었다. 탓에 5번째 조인 현우들과 서보람네의 출전이 코앞에 다가와 있었다.

진행을 돕는 학생의 외침에 지그시 서로를 노려보던 두 소녀가 비로소 앞을 보기 시작했다.

도저히 끼어들 수 없는 둘의 대화 속에서 조용히 있던 현우가 꽤 흥미로운 발견이라는 듯 중얼거렸다.

"이거 순번이 빨리 도는 게… 생각 외로 꽤나 성적이 저조하군."

"그러게요. 규칙대로라면 함정에 빠져도 반 이상이 완주하기 전엔 계속 도전할 수 있을 텐데……."

현우의 중얼거림에 대꾸한 서보람은 탈락자가 우수수 쏟아져 나오는 구간을 보며 의아한 듯 고개를 갸웃거렸다.

그녀가 보기에 그 구간이 조금 어려워 보이긴 했다. 하지만 밑에 있는 물에 빠져도 다시 올라와 그 구간에서 도전할 수 있었기에, 몇 번만 해본다면 충분히 통과할 수 있을 법한 구간이었기 때문이었다.

그리고 이는 옆에서 둘의 대화를 듣던 이성희도 마찬가지였다.

"혹시 막상 저 세트장에서 보면 통과하기 어려운 구간인 건가?"

이성희가 중얼거리는 이때, 현우는 무언가를 발견했다는 듯 작게 고개를 끄덕이며 중얼거렸다.

"음… 알 만하군."

"응? 뭔가 알아냈어?"

"알아내셨나요, 선배님?"

왠지 정답을 듣는 게 목적이 아니라는 듯 부리나케 달려드는 그녀들의 질문에 미간을 좁혔던 현우는 이내 함정에 빠졌다가 나오는 다른 학생들을 가리키며 말했다.

"물이 엄청나게 차가워 보인다."

현우의 손가락을 따라가 보니 확실히 그 구간에서 실패를 하고 물에 빠졌던 학생들 모두가 온몸을 오들오들 떨며 세트장 끝에 있는 클린 마법이 걸린 곳으로 뛰어가는 게 보였다.

하지만 이런 현우의 설명을 들은 두 소녀는 납득이 안 된다는 듯 물었다.

"하지만… 지금 엄청 덥지 않아? 차가운 물에 들어 갔다 나오면 조금 불쾌하긴 해도 시원할 텐데?"

"맞아요. 처음부터 그런 걸 생각하고 일부러 물을 차갑게 하도록 한 건데… 앗!"

실수했다는 듯 입을 틀어막는 서보람이었고, 서보 람의 돌발 행동에 눈을 반짝인 이성희였다. 하지만 현 우는 그런 행동 같은 건 전혀 신경 쓰지 않는 다는 듯 조용히 입을 열었다.

"저기에 있는 물을 깨끗하게 유지하고 온도를 조절 하는 것은 마법 장치의 효과야. 그리고 마법은 우리가 상상하는 것 이상으로 특별한 것들을 만들어내지."

'영하를 한참 넘어서고도 전혀 얼지 않는 물 같은 걸 말이야.'

마지막 말은 하지 않고 입안으로 삼켰다.

지금 저곳에서 일어나는 일과 그 결과에 대해 현우 는 확실히 알고 있었지만 쓰잘머리 없이 긁어 부스럼 을 만들 이유는 없는 탓이었다.

지금이야 둘 다 상황을 모르니 상관없겠지만, 만약 저곳에서 벌어지는 일의 답을 현우가 맞춘다면 서보 람은 몰라도 이성희에겐 한동안 시달려야 할 게 분명

했다.

물론 대답해줄 의무가 없는 만큼 현우가 무시로 일관하면 될 테지만, 언령사로서 언제나 진실만을 말해야 하는 현우로선 귀찮은 일이 생기는 건 딱 질색이었다.

'그나저나 꽤 새로운 조합이군…. 온도를 조절하는 마법으로 계속해서 온도를 떨어뜨리고 정화 마법으로 물의 구조를 처음 상태로 유지시켜 얼지 않고도 차가운 물을 만들다니…….'

현우도 저 정도의 응용쯤은 얼마든지 할 수 있지만, 실제로 써먹을 곳이 없다 보니 특별히 직접 해본 적은 없는 응용법이었다.

현우는 새삼 신기한 눈으로 이 설비를 총괄하고 있는 김택용을 바라봤다.

하지만 그것도 잠시, 현우가 보기엔 그다지 열심히 만질 것도 없는 장치들을 구태여 손에서 빛을 뿜으며 화려한 손짓으로 조작하고 있는 김택용의 모습에 결국 고개를 절레절레 흔들고 말았다.

아무것도 없는 허공에 헛손질을 하는 꼴을 보고 있자니 지금 저곳에서 만들어지고 있는 무한히 차가워지는 물의 목적도 뻔한 탓이었다.

'아마도 서보람을 첫 번째 통과자로 만들려는 생각일 테지.'

현재까지 4조, 총 40명이 도전을 했지만 단 한 팀도 통과한 팀이 없었다. 처음에는 그만큼 어려운 것인가 생각했지만, 김택용과 서보람의 관계를 어느 정도 짐작한 현우였기에 왜 통과자가 없는지에 대한 대답을 비교적 쉽게 내릴 수 있었다.

"다음 5조 준비해주세요!"

그들을 출발점으로 부르는 진행 도우미의 목소리에 5조의 10명이 앞으로 나섰다.

"흠……."

출발점까지 걸어가는 와중에 현우가 흘깃 김택용 쪽을 보니, 이번에 참가하게 될 서보람을 발견한 듯 부랴부랴 물의 온도를 조절하는 마법진을 비활성화하는 게 보였다.

'그나저나…… 이제 어쩐다?'

막상 출발점까지 온 현우였지만 아직도 어떻게 할지 결론을 내리지 못한 상태였다.

대충하는 거야 이성희가 함께 하는 것으로 이미 물

거품 된 상황이었기에 현우에게 남은 건 두 가지 선택
지였다.

그냥 눈에 띄지 않게 평범하게 진행을 할 것인지,
아니면 그의 오른쪽에서 한껏 열기를 내뿜고 있는 이
성희를 도와 전력을 다할 것인지의 선택지였다.

현우의 개인적인 심정은 압도적으로 전자에 쏠려
있었지만 옆에 선 이성희의 상태를 보건대, 눈에 띄기
싫다고 소극적으로 움직일 수 있는 상태가 아니지 싶
었다.

"장애물은 총 10단계입니다! 장애물에서 떨어져서
물에 빠지거나 하더라도 다시 장애물에 올라오기만
하면 떨어진 곳부터 다시 도전하실 수 있습니다. 시간
제한은 없으나 5개 팀 중 3팀이 들어오면 그 밑의 2
팀은 자동 탈락입니다. 통과한 시간은 세트장 옆 대형
전광판을 통해 표시가 됩니다. 전광판의 시계가 멈추
지 않았다면 시야에 다른 팀이 없어도 아직 통과의 여
지가 남아 있는 것이니 미리 포기하지 않으셔도 됩니
다. 마지막으로 통과한 3팀은 모든 조의 경주가 끝나
고 한 번 더 특별한 장애물 경주에 참가하게 됩니다.
그럼 조심하세요!"

간단하게 장애물 경주에 대한 설명을 마친 진행도 우미가 곧장 손을 들어 올리며 외쳤다.

"준비!"

'일단은… 주변 페이스에 맞춰볼까?'

어차피 초반의 장애물들은 그다지 대단한 게 없는 만큼, 주변의 페이스를 보고 맞춰가야겠다는 생각을 한 현우가 앞으로 몸을 기울였다.

"출발!"

뿌우우우!

다다다닷!

시작을 알리는 나팔 소리와 함께 뛰어나간 현우들이 만난 첫 번째 장애물은 3미터 높이 정도로 보이는 어중간한 높이의 절벽이었다.

그들의 눈앞엔 각 팀별로 1개씩 총 5개의 로프가 걸려 있었고 아마도 이곳 구간은 과감히 뛰어내려 시간을 단축할 것인지, 아니면 안전하게 로프를 타고 내려올 것인지 정하는 구간 같았다.

"뛰어내리기엔 어설프게 높긴 하지만… 아래엔 쿠션이 충분이 있는 거 같군. 같이 뛰어내리…….."

"아, 안 돼!"

바들바들.

현우가 이성희에게 같이 뛰어내릴 것을 제안하며 손을 내밀었지만 돌아온 것은 겁에 질린 이성희의 목소리였다.

"……갑자기 왜 그래? 이기고 싶은 거 아니었어?"

설마 이런 상황이 있을 줄은 몰랐다는 듯, 현우가 어처구니없다는 표정을 지으며 이성희에게 말했지만 돌아온 것은 이성희의 떨리는 목소리였다.

"하, 하지만… 높은 곳에서 뛰어내리는 건…….."

"흐음……."

물론 현우라고 해서 이성희의 심정을 이해하지 못하는 것은 아니었다. 보통의 사람들이 길에서 3미터 높이의 절벽을 만난다면, 절체절명의 위기상황이 아닌 이상 보통은 옆으로 돌아서 내려가는 선택을 하게 되는 높이이니 말이다. 특히나 키가 그리 크지 않은 이성희에겐 본인 키의 두 배에 달하는 높이였으니, 쿠션을 제외한 아무런 안전장비 없이 뛰어내리기엔 무서울 수도 있었다.

"막상 보면 그다지 안 높아. 밑에 쿠션도 충분히 있으니까 다치지 않을 거야."

하지만, 이해하는 건 이해하는 거고 해야 하는 건 해야 하는 거였다.

"하지만… 역시 아무것도 없이 뛰는 건……."

"…다음 장애물들은 어떡하려고?"

맨바닥으로 보이는 매트리스 위로 무작정 뛰어내리는 장애물들은 오직 이곳뿐인 듯싶었지만 이곳 세트장 자체가 높이가 꽤 되는지라 대부분이 오르락내리락 높이차를 이용한 장애물들이 더 있었고, 개중에는 구름다리와 같은 장애물도 존재했다.

여전히 우물쭈물하는 이성희의 태도에 경주 내용에 별생각이 없던 현우도 곤란해졌다. 조용히 탈락하는 거야 현우가 바라는 바지만, 그렇다고 첫 번째 장애물에서 탈락하는 것은 오히려 시선을 끄는 일이었다.

결국 설득하기를 멈춘 현우는 한숨을 쉬면서 주변을 훑어봤다.

하지만 이런 상황은 비단 현우와 이성희 만의 문제는 아닌 듯싶었다.

남자 참가자들은 벌써 바닥으로 뛰어내린 반면, 위에 남은 파트너들은 하나둘 로프로 손을 뻗고 있었으며 이들 중에는 결국 안전을 택한 이성희도 있었다.

아래에서 파트너가 내려오길 기다리고 있던 그들이 파트너의 선택에 한숨을 쉬는 사이, 이성희와 함께 머뭇거리고 있던 서보람이 현우의 눈치를 몇 번 살피곤 단숨에 절벽에서 뛰어내렸다.

"꺄악!"

풀썩!

그다지 높지 않은 만큼 비명소리가 길게 이어지지도 않았다.

"호오. 누구씨랑은 다르게 꽤 용기 있군."

"으으으……."

휘청.

현우의 비아냥과 서보람의 도약에 자극을 받은 듯 로프로 가려던 손을 가슴 앞으로 모은 이성희였다. 그리고 그런 이성희의 모습을 보며 현우는 훌쩍 먼저 바닥으로 내려갔다.

터억!

"빨리 와!"

아무렇지도 않다는 듯, 이 정도 높이는 자신의 몸으로도 가능하다며 이성희를 끌어내리려던 현우였지만 절벽의 맨 끝에서 그녀는 더 이상 발걸음을 떼지 못하고 있었다.

결국 다시 한 번 낮게 한숨을 쉰 현우가 이성희를 향해 외쳤다.

"별로 높지도 않은 곳이야! 바닥에 부딪히는 게 무서운 거면 내가 잡아줄 테니까 뛰어!"

그렇게 말하며 어깨를 가린 소매를 말아 올리는 현우를 보며 이성희는 무서운 와중에도 피식, 웃음이 나왔다.

자기 손목만 한 팔뚝으로 누가 누굴 잡아주겠다는 건지, 이성희로선 웃기는 상황일 수밖에 없었다. 하지만… 어째선지 그런 앙상한 팔목이나마 지탱해줄 것이 있다는 말을 듣자, 도리어 용기가 났다.

"너, 꼭 잡아줘야 해?"

이성희가 절실한 목소리로 외쳤지만 현우는 딴청이라도 피우듯 뒤를 돌아보며 말했다.

"2등도 출발했고… 1등은 벌써 저기까지 갔나?"

1등으로 절벽을 통과한 서보람 팀이 두 번째 장애물에 돌입했음을 알리는 불빛이 세트장에 나타났다.

반짝!

이를 본 이성희의 눈에 열기가 서리는가 싶더니 이

내 순식간에 바닥으로 곤두박질쳤다.

"간다! 꺄악!"

포옥!

갑자기 떨어져 내린 이성희였지만, 미리 떨어질 위치에 서서 좌우로 길게 팔을 뻗고 있던 현우는 안전하게 이성희를 받아낼 수 있었다.

대신 현우가 무사하지 못했지만…….

'컥!'

현우는 양팔 가득 느껴지는 묵직한 무게감에 남몰래 인상을 썼고, 이성희는 그 가느다란 팔이 의외로 단단히 받쳐주는 느낌에 놀란 표정을 감추지 못했다.

턱!

"자, 가자."

팔이 후들거리는 걸 들킬세라, 재빨리 이성희를 바닥에 내려놓은 현우가 이성희를 이끌고 곧장 두 번째 장애물로 달려갔다.

'음, 3등이라… 뒤쪽의 4, 5등과 페이스를 맞춰볼까?'

3등이라는 어중간한 숫자가 현우는 꽤 마음에 들었지만 처음 출발할 때 들었던 대로라면 3등까지는 한 번 더 장애물 경주를 해야 하는 듯싶었다.

'그렇다면 사서 고생할 필요는 없… 지?'

두두두두!

그런 현우의 생각은 큰 오산이라는 듯 무서운 기세로 현우를 앞질러 가는 이성희를 보며 현우는 혀를 찼다.

'저 위에선 그렇게 벌벌 떨더니…….'

어쨌거나 파트너가 가는데 안 따라갈 수는 없는 법, 현우는 달리는 다리에 힘을 더했다.

앞으로 9개의 장애물이 남은 만큼 기회는 많이 남았다고 생각했기 때문이었다.

그렇게 도착한 2번째 구간은, 비눗물이 흐르는 고무 튜브 미끄럼틀을 올라가는 것이었다.

일견 대단할 것 없어 보이는 장애물이었지만, 미끄럼틀의 경사가 상당히 급했다. 뿐만 아니라 올라가는 길에는 오직 고무 튜브로 된 미끄럼틀만 있을 뿐, 다른 공략 장치가 없어 보였다.

'저 위에 줄이 있는 걸로 봐선… 아마도 한 명이 밑에서 받쳐주고 먼저 올라간 다른 한 명이 줄을 던져주는 방식인 거 같은데…….'

어떻게 공략하면 좋은가에 대해 현우가 잠시 고민을 하는 사이, 장애물을 바라보던 이성희의 머리 위로 세트장의 불빛이 다시 한 번 반짝였다.

선두가 다음 장애물에 도착했다는 신호였다.

"에이이이잇!"

이성희는 볼 것도 없다는 듯 미끄럼틀을 향해 돌진했고.

미끌!

퍽!

"우으으으……."

결과 역시 볼 필요도 없이 처참했다.

'일단은 내가 먼저 올라가 볼까?'

비눗물로 범벅을 한 이성희의 모습을 보며 먼저 올라가야겠다는 생각을 굳힌 현우가 긴 다리를 쭉 뻗어 비눗물이 흐르는 미끄럼틀에 발을 얹었다.

'생각보다 더 미끄럽군. 빠르게 뛰어올라가는 걸론 안 되겠어.'

혼자 이곳을 올라가기 위해 몇 가지 방법을 생각해 뒀던 현우는 발을 갖다 댄 것뿐임에도 균형 유지가 쉽지 않은 미끄럼틀의 감촉에 미련 없이 방법을 수정했다.

넓게 벌리고 있던 다리의 간격을 좁혔고, 현우의 엄지와 검지가 잡을 데라곤 보이지 않는 미끄럼틀을 꼬집듯이 잡았다.

'이건… 괜찮군.'

손으로 느껴지는 단단한 감촉과 팔을 지지대 삼아 다리에 힘을 주고 서자 할 수 있겠다는 생각이 들었다.

척! 척! 척! 척!

현우는 거침없이 미끄럼틀을 오르기 시작했고 순식간에 정상에 올라 아직도 미끄럼틀 최하단에서 허우적거리는 이성희를 향해 줄을 던졌다.

"이거나 잡고 빨리 올라와."

"으… 엥?"

양손 가득한 비눗기에 울상을 짓고 있던 이성희는 어느새 정상에 선 현우를 보며 놀란 듯 물었다.

"언제 거기까지 올라갔어?"

"그런 말 하고 있을 시간에 빨리 올라오는 게 어때? 우리 앞팀들 아직 3단계에 묶여 있는 거 같은데."

"금방 갈게!"

타다닷!

선두가 코앞에 있다는 소식에 표정을 바꾼 이성희가 줄을 타고 단숨에 위로 올라왔다. 그리고…….

털푸덕!

촤좌좌좌좌좌좍!

"끼야아아아아악!"

뛰어올라온 반동을 주체하지 못한 이성희가 곧장 3번 장애물로 이어지는 내리막 미끄럼틀을 타고 현우의 시야로부터 순식간에 멀어져 갔다.

"……이 장애물 경주, 그렇게 소리 지르면서 해야 할 만한 건 없다고 생각하는데."

비명과 함께 멀어지는 이성희의 모습을 보면서 작게 감상을 중얼거린 현우는 미끄럼틀의 꼭대기에서 3번 장애물의 전체적인 모습을 확인하다가 작게 감탄했다.

"호오, 저런 식의 운용이었단 말이지?"

앞서 간 두 팀이 고전을 하고 있는 3번 장애물부터는 본격적으로 마법 장치들이 적용된 장애물들이었다. 적용된 마법들은 모두 비살상용의 간단한 1클래스 급 마법들뿐이었지만, 문제는 그것과 기계장치들과 같이 움직이고 있다는 점이었다.

단순히 마법만이라면 모를까, 거기에 응용된 기계장치의 구조를 모르는 이상에는 현우도 장애물의 구조를 파악할 수 없었다. 때문에 일부러 3번 장애물에 가기 전 높은 곳에서 관찰을 하는 것이었다.

쑥! 쑤욱!

"꺄악!"

"으아악!"

약간의 경사진 고개를 오르는 참가자들이 걸음을 옮기는 곳곳에서 갑자기 바닥이 움푹 꺼지는 구간들이 나타났다. 랜덤으로 튀어나오는 구멍에 빠지면 단숨에 다리가 허벅지까지 빨려 들어가며 옴짝달싹할 수 없게 되었다. 그러곤 곧이어 다리가 빠진 곳에 있는 정체불명의 장치가 그들을 주르륵, 출발점으로 끌어내렸다.

'완전히 복불복인가?'

다리가 구멍에 끼어서 버둥대는 참가자 외에, 바인딩 마법으로 발목이 묶인 채 그리스 마법이 펼쳐진 지면을 타고 바닥으로 주르륵 흘러 내려오는 참가자들도 보였다.

현우는 마법이 적용되어 있는 곳이 장애물 내의 특정 구역이 아니라, 장애물 전체에 걸쳐 전반적으로 펼쳐져 있음을 알 수 있었다.

'마나가 움직이는 걸 보면 바닥에 깔린 마법진이 불규칙적으로 움직이면서 지뢰처럼 밟으면 마법을 발동하는 것 같긴 한데…. 저렇게까지 변화무쌍하게 움직이는 건 마법효과가 아니라 기계장치겠군.'

현우는 자신의 눈에만 보이는, 장애물 바닥에 깔린 수십 개의 마법진이 움직이는 모습을 보며 3번 장애물로 가는 미끄럼틀에 몸을 실었다.

슈우우욱- 착!

주르륵-!

주륵!

미끄럼틀에 엉덩이를 대고 내려오는 게 아니라 스키를 타듯 미끄러져 내려온 현우는 도착하자마자 반대편에서 미끄러져 내려온 두 여자의 울상 지은 얼굴을 마주 볼 수 있었다.

"선…배……."

"와, 왔어?"

서보람과 이성희 모두 랜덤으로 발동하는 마법들에 고생이 심했는지, 평소의 아리따운 모습을 잃은 상태였다. 그녀들은 산발이 된 머리와 바닥에 쓸려 빨갛게 된 팔다리로 바닥에 주저앉아 현우를 올려다보고 있었다.

　'흐음, 어쩐다.'

　사실 마법 트랩의 위치와 종류가 모두 보이는 현우에겐 이 장애물을 통과하는 게 어려운 일이 아니었다. 변화무쌍한 마법진의 위치는 조금 거슬리긴 해도, 마음만 먹는다면 단 하나도 안 걸릴 자신이 있었다. 하지만 이런 류의 장애물에서 한 번도 마법에 걸리지 않고 지나가는 건 너무 눈에 띌 뿐 아니라, 무엇보다 같은 팀인 이성희를 두고 먼저 갈 수는 없는 노릇이었다. 현우 한 명 정도야 우연을 가장해 지나갈 수 있다고 해도, 똑같은 방법으로 이성희를 통과시키는 건 조금 무리가 있었다.

　특히나 이성희에게 자신이 밟은 곳만을 똑같이 밟고 따라오게 해 통과시킨다면, 필히 듣게 될 '어떻게 한 거냐'는 질문에 답변할 변명거리가 마땅히 떠오르지 않았다.

턱을 쓸어내리며 무난하고 평범하게 장애물을 통과할 방법에 대해 고민하고 있을 때였다. 그사이에 다시 한 번 장애물에 도전했다가 세 걸음 만에 마법에 걸려 다시 현우 앞에 서게 된 만신창이의 두 여자를 보며 현우는 문득 떠오르는 게 있었다.

'그러고 보니… 이 애는 김택용의 비호를 받는 게 아니었던가?'

서보람의 집안의 입김으로 고등학교 체육대회에 파견된 국가 공인 2클래스 마법사 김택용이었다. 자신이 2클래스 마법사라는 것에 대한 자부심이 가득한 그가 아까 보람의 앞에서 보인 태도를 떠올리면, 지금 그녀가 여기에 있는 건 말도 안 되는 일이었다.

이 설비의 총 관리를 하고 있는 그의 능력이라면, 서보람이 밟는 장애물을 전부 먹통으로 만들어 통과시키는 방법을 써서라도 그녀를 앞으로 보내놨어야 하는 일이니 말이다.

현우의 시선이 자연스레 3번 장애물 옆의 조종판을 열심히 누르고 있는 김택용에게 향했다.

땀을 뻘뻘 흘리며, 조종판 한가득 놓인 버튼들을 이것저것 눌러보고 있는 김택용의 모습을 통해 현우가 알 수 있는 게 한 가지 있었다.

'저 녀석. 원래 이 설비의 책임자가 아니란 건 알고 있었지만, 기계도 숙련이 안 돼 있었던 건가?'

장치를 다루는 김택용의 모습을 보며 든 현우의 생각은 틀리지 않았다.

실제로 국가 공인 2클래스 마법사씩이나 되는 인물이 이런 고등학교 체육대회에 기술자로 참여한다는 것부터가 이상한 일이었다. 원래대로라면 이곳을 총괄하는 사람은 그가 아니라 마법과 공학이 접목된 마도 공학에 정통한 1클래스의 실용 마법사여야 했다.

하지만 서보람의 부모를, 그야말로 알아서 모신 마법사 파견처에선 정통 마법으로 2클래스 마스터가 된 젊은 엘리트인 김택용을 보내주었다. 본래 1클래스의 마법사면 충분한 곳에, 그보다 뛰어난 2클래스 마법사를 보내서 생색도 내고 서보람이나 그의 집안과 안면을 익혀두고자 했던 것이었다.

하지만, 젊은 엘리트라는 감투를 쓴 김택용은 사실 조금 문제가 있는 사람이었다.

정통파의 젊은 천재인 그는 그보다 못한 사람을 깔보는 경향이 있었고, 언제나 그들보다 더 낮다는 자아도취에 취해 사는 사람이었다. 물론, 그런 그도 서보람과 그녀의 집안엔 꼼짝 못했지만 말이다.

그에게 장치에 대해 가르쳐주러 온 1클래스 실용 마법사는 분명 그보다 밑에 있는 사람이었기에, 문제 없이 자신감을 뽐내고 곧장 이곳에 파견을 왔을 것이다. 그리고 지금의 상황이 바로 그 결과일 것이 뻔했다.

그렇다면 어째서 앞에 몇 조가 지나간 지금에서야 문제가 생긴 것일까?

현우는 그 이유를 쉽게 짐작할 수 있었다.

'서보람이 나오기 전에는 후반에 재도전할 의지를 뺏기 위해 몽땅 떨어뜨렸었지. 그곳은 거기에 설치된 마법진을 작동시켜 유지만 하면 되는 단순한 작업이었으니까. 그리고 지금 여기가 이렇게 된 건 서보람을 미리 보내보겠다고 원래대로 돌리는 법도 모른 채 어설프게 건드린 결과겠지.'

하나를 보면 열을 안다고, 버튼 위를 불안하게 움직이는 김택용의 손 하나로 완벽한 추리를 해낸 현우였다.

'그럼 어떻게 할까?'

이곳 구간에서 모두가 멈춰 선 원인을 알아내긴 했지만, 이곳을 돌파할 방법은 마땅히 떠오르지 않았다.

물론 현우가 직접 나서서 이곳의 마나를 억제하여 통과하는 방법도 있을 것이다. 하지만 김택용이 보고 있는 이상 그렇게 하는 건 불가능했다.

그런데 이때, 현우의 등 뒤로 왁자지껄한 소리가 들려왔다.

"내가 먼저 갈 거야!"

"비켜!"

촤아아악!

촤좌좌좍!

순식간에 미끄럼틀을 타고 내려오는 하위권 팀들을 보던 현우에게 한 가지 계획이 떠올랐다.

'굳이 이렇게까지 해서 이 경주를 끝까지 해야만 하나 싶지만……'

현우의 입가로 모여들기 시작한 마나의 입자들은 한 호흡에 현우의 입을 가득 채웠다. 그렇게 입안에 뭉친 마나의 덩어리는 하나의 말로 정제되어 한 토막 말이자, 한 가지 현상으로 바뀌었다.

거기까지 마친 현우의 눈이 다시 뒤편 미끄럼틀을

향했다.

"가자!"

촤좌좌좍!

그곳엔 마침 5조의 하위권 중에서도 가장 후위, 커다란 덩치의 남학생이 내려오고 있었다. 그리고 이는 현우가 기다리고 있던 상황이었다.

"미끄러져라."

번쩍!

단호한 현우의 말이 끝나기 무섭게 남학생이 내려오던 경로가 아주 미묘한 차이로 한쪽으로 치우치기 시작했다.

아주 미세한 차이였지만 내려오는 동안의 거리를 생각하면 끝에 다다라선 출발 방향과 굉장히 큰 차이를 두고 도착하게 될 터였다.

촤좌좌좌… 주-우욱!

"어? 어어??"

겉으로 보기엔 여전히 비눗기 있는 미끄럼틀을 내려오는 남학생의 모습이었지만, 직접 미끄럼틀의 감촉을 느끼고 있던 남학생은 무언가 달라졌다는 걸 느낀 듯싶었다.

'미안하지만… 좀 도와줘야겠어.'

남학생이 더 이상 이상함을 느끼기 전에 처리해야
했다. 미끄럼틀에서 빙글빙글 돌며 미끄러져 내려오는
남학생의 엉덩이가 옆을 향한 순간, 작게 읊조렸다.

"에어 블래스트."

"어? 어어? 으, 으아아악!"

순간 남학생의 엉덩이 부근에 공기층이 생기는가
싶더니, 마치 풍선이 터질 때처럼 '팡' 하고 작은 소
리가 울려 퍼졌다.

하지만 그 작은 소리가 만들어낸 일은 그다지 작지
만은 않았다.

*   *   *

"대체 내가 처음에 누른 버튼이 뭐야?"

초초한 김택용의 손가락이 온갖 버튼이 가득한 조
종판 위를 초조하게 왔다갔다 거렸다.

"꺄아악!"

주르륵!

'젠장!'

김택용이 어떻게든 눈에 띄지 않게 장애물을 고쳐보려는 와중에, 아까부터 수도 없이 미끄럼을 타고 내려오고 있는 서보람이 눈에 들어왔다.

맨 처음 운동장에서 봤을 때의 시원하고 밝은 웃음은 어딜 갔는지, 그녀의 얼굴은 울상이었다.

'이러다가 포기라도 한다면……!'

아직까진 특별히 그런 기색 없이 계속해서 장애물에 도전하는 서보람이었지만, 사람의 체력엔 한계가 있는 법이었다. 헉헉거리는 그녀의 모습을 보니, 오래 버티지는 못할 것처럼 보였다.

'젠장! 젠장! 젠장!'

그럴수록 김택용의 마음은 더욱 초조해져 갔고, 이내 여기에 온 걸 후회하기 시작했다.

'으으윽! 어쩌다가 이런 곳에 파견을 와가지고는……! 쉽고 편한 일에 보수도 잔뜩 주고 인맥도 생긴다더니, 순 사기잖아!'

사실대로 말하자면 그가 실용 마법을 전공한 1클래스 마법사의 도움을 받지 않았기 때문에 틀어진 일이었지만, 그에겐 그런 사실은 이미 중요하지 않았다.

그저 그를 현실로부터 도피시켜줄, 자신을 대신해

욕을 먹을 사람이 필요할 뿐.

'그 영감도 그래! 자기가 고안하고 만든 장치를 다른 사람이 쓰겠다는데, 거절하더라도 바짓가랑이라도 잡고 설명을 들어달라고 부탁했어야지! 사람이 그렇게 끈기가 없으니 그 나이 먹도록 1클래스에 이런 장난감 세트장이나 만들고 있지!'

원래 세트장 담당이었던 마법사가 들었으면 억울해 미쳐버렸을 법한 헛소리를 속으로 아무렇지도 않게 중얼거리는 김택용이었다. 그는 그러고도 모자라 또 욕할 거리를 찾아 생각을 이어갔다.

'그래, 파견 보낸 놈도 이상한 거야. 이런 1클래스가 만들고 1클래스가 관리 가능한 세트장에 한창 마법 연구 중인 2클래스 마법사를 보내다니, 미친 게 틀림… 어?'

후웅!

자신을 이곳에 보낸 사람을 연신 욕하던 김택용은 어쩐지 어두워지는 시야에 무언가 이상함을 느끼곤, 조종판을 뚫어지게 노려보던 시선을 들었다.

그의 시야로 새까만 계곡이 나타났다.

                    *   *   *

    "으아아악!"

    "커헉!"

    쿠당탕탕!

    미끄럼틀을 벗어나 하늘을 길게 날아간 덩치 큰 남
학생은 가속도가 잔뜩 붙은 몸으로 조종판을 노려보
고 있던 김택용의 머리를 정확하게 때려버렸다.

    다행히 김택용이 있던 곳도, 그리고 남학생이 떨어
져 내린 곳도 모두 안전을 위해 넓게 벌려놓은 매트리
스의 위였기에 둘 모두 특별히 다친 것 같진 않았다.
하지만 모두의 시선을 뺏고 정신을 어지럽게 하기에
충분했다.

    턱!

    모두의 시선이 매트리스에 사이좋게 드러누운 두
남자를 향하고 있을 때였다. 한쪽 무릎을 꿇고 달리기
의 크라우칭 스타트 자세로 바닥에 손을 댄 현우는,
마치 이 3번 장애물을 전력질주로 피해보겠다는 듯한
포즈를 취하고 있었다.

    하지만 현우의 속셈은 다른 곳에 있었다.

154   언령의
       주인

"마나 핸즈."

소근.

속삭이는 듯한 현우의 목소리에 감응한 허공중의 마나가 손과 같은 형태로 변하기 시작했다.

'전체에 적용하려면 부피를 최대한 키워야겠지.'

현우가 그렇게 생각한 순간, 허공에 만들어져 가던 손은 한 손만으로 3번 장애물 절반을 뒤덮을 만큼 커졌다. 그리고 현우의 손 모양과 꼭 닮은, 두 개의 투명한 마나 핸즈는 3번 장애물의 트랩구역 전체를 지그시 누르기 시작했다.

'좋아. 마나 핸즈는 마나에만 간섭하는 마법. 물리력이 없으니 시전되어 있다고 해도 보통 사람은 알 수가 없을 터.'

마나 핸즈. 이 마법은 현우의 오리지널 마법으로써, 일반적으로 손을 보호할 목적으로 손에 직접 덧대 쓰는 정통파의 마나 핸즈와는 다른 종류의 마법이었다. 특히나 현우의 마나 핸즈 마법은 무클래스 급의 마법으로, 티끌 같은 존재감을 가지고 있는 데다 특정 원소의 속성을 반영하지 않아 무형, 무색이었다. 때문에 시전자 본인이나 특별한 눈이 있어 마나를 감지하는 사람이 아니면 그 존재조차 알 수가 없었다.

이러한 마나 핸즈의 여러 특징 중 가장 중요한 특징은 물리력을 갖지 않는다는 점이다. 특정 형태로 구현됨에 따라 어떤 방식으로든 물리력을 갖게 되는 마법과 달리, 물리력을 가지지 않는 만큼 단순한 물리적 충격에 의해 흩어지지도 않았으며 보통 사람은 마나 핸즈가 직접 몸에 닿아도 거기에 마나 핸즈가 있다는 것조차 알 수가 없을 만큼 은밀한 효과를 지닌 마법이었다.

그리고 이렇게 평범치 않은 기능을 가진 마나 핸즈였기에, 그 사용처도 꽤나 독특했다.

마나 핸즈 마법의 목적은 바로 마법 교란이었다.

마법이란 것이 상대의 마법 실력보다 월등한 능력을 가지고 있어서 상대의 마법을 분석하고 파훼할 수 있는 게 아니라면, 마법이 이미 시전 중인 자리에 마법을 소환할 수 있는 방법은 없었다. 만약 굳이 마법을 쓰고자 한다면 다른 마법과 위치가 겹치지 않도록 좌표를 잡아 마법을 구현해야만 했다.

즉, 마나 핸즈의 사용처는 마법이 발동할 만한 일정 공간을 미리 선점함으로써 그 위치에서 마법을 사용할 수 없게 만드는 것이었다.

'잘 가려졌지?'

그리고 지금의 상황도 이런 맥락에서였다. 마나 핸즈가 지그시 누르고 있는 한 트랩은 발동되지 않을 터.

현우는 크라우칭 스타트로 바닥에 손을 대고 있던 자세에서 허리를 올려, 마치 처음부터 그럴 의도였다는 듯, 조금은 과장된 몸짓으로 달려 나가기 시작했다.

"하아압!"

탓탓탓탓!

"어? 어어?"

그런 돌발 행동과 과장된 몸짓은 돌발 상황에 김택용에게 향해있던 시선을 끌어모으기에 충분했다. 그리고 모두가 현우가 곧 함정에 걸려 내려올 거라 생각한 것과 달리, 현우는 거침없이 장애물을 통과했다. 그러곤 이내 장애물이 끝나는 지점에서 여전히 움직이고 있는 전광판 타이머를 가리키며 이성희에게 외쳤다.

"이성희! 타이머가 멈추지 않았다. 빨리 올라와라.

지금이 기회다!"

현우의 말은 이성희에게 한 말이었지만 사실상 모두가 들으라고 한 말이나 다름없었다.

그리고 눈치 빠른 이들은 현우가 말한 지금이 기회란 게 무슨 의미인지 깨닫고, 김택용이 일어나기 전재빨리 장애물을 통과하기 시작했다.

눈치 빠른 사람들이 하나둘 장애물을 통과하기 시작하자, 상대적으로 눈치가 없던 다른 사람들도 뒤늦게 따라 나서기 시작했다.

"야! 장성호! 빨리 와! 지금 와야 해!"

"으, 으응?"

김택용과 몸통 박치기를 했던 학생의 이름이 장성호였던 듯, 짝을 이루지 못한 팀원의 외침에 남학생이 몸을 일으켰다. 그러곤 마침 자리에서 일어나는 김택용을 향해 꾸벅 인사한 후 곧장 장애물을 향해 달려갔다.

"죄송했습니다!"

다다다닷!

김택용이 잠시 정신을 잃었다 깨어나니, 자신을 향해 사과를 하곤 순식간에 장애물을 통과해 사라지는 남학생의 뒷모습이 보였다. 김택용은 갑작스럽게 일어난 일에 대해 파악을 하며 자리에 앉아 멍하니 있을 수밖에 없었다.

"저게…… 어떻게?"

그와 한참을 씨름했던 3번 장애물이 안정되어 있는 탓이었다.

아니. 정확히는 장애물 아래의 기계장치는 여전히 활발히 움직이고 있는 데 반해, 밟으면 작동되어야 할 마법진들의 존재감이 마치 투명한 벽 하나를 두고 보고 있는 것처럼 희미하게 느껴졌다.

여러 꼴사나운 모습을 보일 만큼 어리바리한 김택용이었으나, 그는 국가가 인정한 엘리트 마법사였다. 이런 황망한 와중에도 그의 호기심을 자아내는 현상에 저절로 관심이 갔다.

꽤나 상황에 안 어울리는 일이었지만, 그가 마법사인 이상 그는 자신의 궁금함을 채우기 전엔 쉽게 움직일 수가 없었다.

그렇게 그가 마나 핸즈의 힘으로 강제로 안정기를 맞은 장애물을 몇 분간이나 관찰하고 있을 때, 한자리에 앉아 움직일 생각을 않는 그를 보고 사람들이 구급약품을 들고 뛰어오고 있었다. 처음엔 그들이 오든 말든 관심을 보이지 않던 김택용이었으나, 그를 향해 달려오는 이들 중 몇 명이 교복을 입고 있음을 확인하고서야 자신이 있는 곳이 어딘지 깨달을 수 있었다.

그 순간을 기다렸다는 듯, 그가 조금 전까지 느끼던 희미해진 마법진의 존재감이 확실하게 느껴지기 시작했고, 잠시 잊고 있었던 사실들이 순식간에 떠올랐다. 그중에서도 가장 먼저 떠오른 생각은……

"아, 안 돼!"

그의 목적은 서보람을 선두로 들여보내는 것, 그에겐 주저앉아 쉬고 있을 시간이 없었다.

후닥닥!

재빨리 자리를 털고 일어난 김택용은 그의 상태를 보러온 사람들의 만류도 뿌리친 채 선두그룹이 있는 장애물을 향해 달려갔다.

*　　　*　　　*

운동장에선 참가자들의 모습을 비추는 커다란 전광

판에 막 3번 장애물을 통과해 지나가는 현우가 비치고 있었다. 운동장에 넓게 포진한 학생들은 그들의 활약을 보면서 환호하고 있었다. 하지만 개중엔 그런 전광판의 내용에 전혀 신경 쓰지 않는 사람도 있었다.

"방금⋯⋯?"

김예린은 체육대회의 그 어떤 곳에서도 얼굴을 비추지 않던 현우가 장애물 경주자 목록에 나타났을 때부터 지금 이 순간까지, 현우만을 주시하고 있었다.

주변의 다른 학생들이 일희일비하는 동안에도, 서보람의 등장에 남녀를 불문하고 모두가 환호할 때도, 그녀의 시선은 현우를 향해 있었다.

그리고 방금, 그녀는 기다림은 결실을 맺게 되었다.

장애물 경주가 시작되고 김택용이 넘어질 때의 일이었다. 육안으로 볼 수 있는 거리가 아니었지만, 그녀의 특별한 눈은 그것을 볼 수 있었다. 5조의 마지막 사람이 미끄럼틀을 내려올 때, 미끄럼틀의 한 부분에 마치 길을 내놓은 것처럼 짙은 하늘색 줄이 생겨나는 것을 말이다. 그리고 그 줄 위에 엉덩이를 걸친 사람이 김택용을 향해 사람이 날아가던 그 순간에도, 무엇인지 알 수는 없지만 마법이 펼쳐졌다는 것만은 느낄 수 있었다.

그녀는 자신이 기다렸던 장면이 나타난 것에 자리에서 벌떡 일어나 현우를 노려봤지만… 결정적인 증거를 찾을 수가 없었다.

김택용의 경우, 그의 가슴팍에서 흘러나온 마나가 장치나 그의 손에 스며들어 마법의 힘을 발휘하는 것을 보았다. 그러나 그녀가 조금 전 목격한 마법들은 그야말로 아무것도 없던 허공중에 주인 없는 마나들이 자기들끼리 뭉치는 것으로 마법이 발동한 것이었으니, 현우가 무언가를 했다는 증거가 없었기 때문이다.

하지만 그런 이상한 현상은 거기서 끝난 게 아니었다.

"헉?"

김택용이 넘어진 직후, 현우가 달리기의 준비 자세를 취했을 때였다. 현우의 앞쪽, 정확히는 장애물의 위쪽 넓게 포진해 있던 하늘색 빛이 한곳에 조금 뭉치는 것이 보였다. 그러더니 이내 급속도로 부피를 키우며 두루뭉술하면서도 넙데데한 모양으로 바뀌는 것을 볼 수 있었다.

그 넓적한, 양탄자와도 같은 것은 현우가 바라보는 방향의 장애물 위로 조용히 내려앉았다. 현우는 이를 기다렸다는 듯이 그 위를 달려 곧장 장애물을 넘어버렸다.

그 신기한 모습에 눈을 부릅뜨고 장애물을 쳐다본 그녀였지만, 그와 동시에 가슴이 철렁할 수밖에 없었다.

아직 결정적이라고 할 순 없지만 방금 그것이 현우가 마법을 사용한 것이라면, 이라는 가정을 한 순간 잠시 잊고 있던 두려움이 물밀듯 밀려왔기 때문이었다.

하지만 그것도 잠시. 다음 순간, 그 양탄자가 깔린 장애물 위로 경주에 참가한 모두가 달려가는 것을 보며 허탈함감에 휩싸였다.

그리고 남몰래, 아니 스스로도 모르게, 작게 안도의 한숨을 내쉬었다.

만약 그것이 그녀의 생각대로 현우가 펼친 어떤 특별한 마법이었다면, 그 마법이 어떤 힘을 가지고 있든 그 위를 달려간 사람들은 무언가 반응을 보여야만 했다.

 그녀가 마법이란 것에 대해 알게 된 지 오래된 것은 아니었다. 하지만 그녀도 최소한의 상식은 가지고 있었으며, 최근 마나를 보게 된 이후 직접 몸으로 느끼며 알게 된 바가 있었기에 확신할 수 있었다.

 만약 그 마법의 크기가 작았다면 모르겠지만, 김예린의 눈에 보이는 그것은 직접 만져보지 않아도 감촉이 느껴질 만큼 두터운 부피감을 가지고 있었다.

 그만한 크기의 마법을 밟고 달려간다면, 최소한 그녀의 상식선에서라면, 설령 눈에 보이는 게 아니더라도 마법이 가지는 특유의 감각을 느낄 수 있어야 했다.

 하지만, 그것은 당연히도 그녀의 착각이었다.

 마법의 크기가 크면 클수록 그 존재감이 커지기 때문에 평범한 사람들에게도 쉽게 감지되는 것은 맞았지만, 단순히 부피만 키운 마법은 물론이고 의도적으로 그 기운을 감추는 마법까지 마법에는 절대적이란 게 거의 없을 만큼 많은 변수가 있었다.

 특히나 현우가 펼친 자신의 오리지널 마법 마나 핸즈는 보조 마법으로써 아주 적은 마나 소모와 은밀함

이 특징인 마법이었다. 때문에 마법이 아무리 크다고
한들, 보통 사람은커녕 마법사들도 감지하기 힘들었
다.

'저기 펼쳐진 게 마법은 맞을 텐데… 아무도 신경
쓰지 않는다는 건 미리 알고 있었다는 걸까? 참가자
들은 그에 대한 언질을 받아서 무시하고 지나간 거고?
저 장치들을 조종하던 마법사가 쓰러졌으니 그걸 보
완하기 위한 무언가 안전장치 같은 걸까?'

어쨌거나 현우가 마법을 사용했을 가능성이 낮아지
자, 진실과는 다르지만 몇 가지 가정을 세울 수 있었
다.

그리고 이러한 가정대로라면 그녀의 상식대로 그런
커다란 마법을 아무렇지 않게 지나간 것도 납득할 수
있었다.

하지만.

어쩐지 찝찝했다.

정확히 말로는 표현할 수 없는 감정이 가슴 한 켠에
서 솟구쳐 오르며, 그녀가 결론을 내리는 것을 막아서
고 있었다.

그뿐만이 아니었다.

소곤소곤.

'이 소리는?'

발음도, 음성도 부정확해 의미를 이해할 수 없는 소리가 그녀의 귓가를 간질였다. 그 소리의 의미를 그녀는 알 수 없었지만 그 소리의 정체가 무엇인지는 정말 잘 알고 있었다.

'속삭임…! 마나의 속삭임이야!'

약 한 달 전. 그녀에게 갑작스레 마나를 볼 수 있는 특별한 능력이 생겨났을 때, 그 현상에 우울증을 겪던 그녀에게 들려왔던 마나의 소리였다.

당시에도 처음 들었던 마나의 속삭임은 이렇게 부정확하고 이상한 소리였다.

'나한테 무언가 알려주고 싶은 걸까?'

그렇다면 마나가 직접 나서서 알려주고자 하는 '무언가' 는 대체 무엇일까?

그리고 '왜' 알려주고자 하는 것일까?

그녀의 생각이 마나의 속삭임에 이를 때쯤, 그녀에게 크나큰 고민을 안겨준 현우는 꽤 급박한 상황에 처해있었다.

'설마하니 이런 게 있을 줄이야.'

조금 전의 일이었다. 현우를 필두로 우르르 장애물을 넘어간 10명은 조종하는 사람이 없는 장애물들을 순식간에 넘어왔다. 4, 5, 6번 장애물들이 쉽거나 규모가 작은 것은 절대 아니었다. 하지만 후반은 기계보다는 마법 위주의 함정이었기에, 그것을 조종해줄 김택용이 없다면 그저 단순한 패턴을 반복하는 함정일 뿐이었다.

그리고 그 결과 여태껏 도달한 사람이 없는 7번 장애물에 한명의 낙오도 없이 모두가 도착할 수 있었다.

내부가 가려진 데다 아직 아무도 도달한 적이 없는 7번 장애물인지라 불안해하는 사람들도 있었지만 이전의 장애물을 통과하며 자신감이 붙은 그들을 검은 장막으로는 막을 수가 없었다.

그리고 지금 상황이 바로 그 결과였다.

'블라인드 마법에… 공간 확장 마법인가? 아니, 이곳 장치들의 평균 수준을 생각해보면 공간 확장 마법이라기보단… 감각을 속이는 종류의 마법 같군.'

7번 장애물을 가리고 있는 장애물을 통과하는 순간 현우를 비롯한 모두에게 걸린 마법들이었다.

'역시 이 장막 자체가 장애물이었던 건가?'

사실 이 장막에 뛰어들기 전, 조금은 의심을 하고 있었던 현우였다.

7번째 장애물이 있어야 할 곳에는 어째선지 구멍 뚫린 장막에 이런저런 마법이 쳐져 있을 뿐, 그 너머론 아무런 마법적 힘이 느껴지지 않았던 탓이다.

하지만 그런 의심과는 별개로, 현우는 거침없이 장막에 몸을 던진 사람 중 한 명이었다.

그도 그럴 것이, 고작해야 최대 2클래스 급의 마법들이 설치되어 있는 장애물들이었다. 설령 장막 안쪽으로 공격 마법을 쏟아내는 장치가 있더라도 현우에겐 문제가 되지 않는 탓이었다.

그리고… 지금의 마법도 마찬가지였다.

"후우읍…… 핫!"

단 한 번의 심호흡과 단 한 번의 기합성. 겉으로 보기에 전혀 특별할 것 없는 행동이었지만, 그것만으로도 현우는 자신의 몸에 걸린 저주마법들을 떨쳐낼 수 있었다.

본래 저주마법의 공략법은 어떤 마법이 걸렸는지 확인을 하는 절차를 걸쳐, 부작용이 없도록 마법을 디스펠 하거나 압도적인 힘으로 깨는 게 정석이었다. 하지만 현우는 이러한 과정 없이 그에게 걸린 저주보다 강력한 '의지'를 기합성에 담는 것으로, 해제의 의미가 담긴 언령을 펼치지 않고서도 마법을 벗어난 것이었다.

이는 앞서 말한 공략법보다도 훨씬 고차원의 방법이었다. 왜냐하면 마법의 위력을 조종함에 있어, 단순히 수식에 변화를 주는 것뿐 아니라 마법에 담긴 의식 자체를 조종할 수 있는 것이었기 때문이다. 그런 탓에 이는 최상위 마법사들만이 사용하는 고급의 테크닉이었다.

껌뻑.

"의외로 내부는 별게 없군."

현우는 몸에 걸린 마법을 깨뜨림으로써 시력을 회복했다. 그러자 그리 멀지 않은 곳에 위치한 저주 해제 마법이 걸린 하얀색 장막들을 볼 수 있었다. 검은 장막과 하얀 장막 사이에서 어슬렁거리는 사람들도 볼 수 있었지만, 이것은 나중의 문제였다.

"현우야? 현우야 어디 있어?"

시력은 물론이고 청력과 방향감각까지 상실한 것인지, 현우와 같이 장막에 들어왔던 이성희는 바로 옆에 현우를 두고도 갈지자로 걸음을 옮기며 현우를 찾고 있었다.

그리고 이는 비단 이성희만의 상황은 아니었다.

허우적허우적.

"태영아? 어디 갔어……."

"야! 장난치지 마!"

"흐아앙! 엄마!"

'흐음, 어떡한다?'

하얀 장막까지의 거리와 양옆이 막힌 장애물의 구조를 보건대, 시간이 지나면 누구나 통과할 수 있을 법한 장애물이었다.

다만 그 과정에 문제가 있다면, 그들이 감촉을 느끼고 짚어서 나갈 수 있는 벽을 만나기 전까진 순전히 운에 맡겨야 한다는 점이었다.

그리고 이는 현우로선 그다지 달갑지 않은 일이기도 했다.

모두 약속이라도 한 듯 아무것도 없는 허공에 손을

뻗어 허우적거리는 사람들의 모습을 보건대, 아무런 행동도 하지 않고 있는 현우는 분명 이상한 모습일 것이었다.

그렇다고 그들의 행동을 따라하면서 누군가 이 장애물을 탈출하는 것을 기다렸다가 어중간한 순서로 나가려 한다면, 기약 없는 기다림이 길어질 것이었다.

'차라리 혼자서 통과하는 쪽으로 할까?'

처음엔 차라리 여기서 탈락하는 것으로 할까 하는 생각도 들었지만, 이 장애물 경주가 다 끝날 때까지 이 안에서 연기를 하고 있을 자신이 없었다.

물론 하고자 한다면야 못할 게 없는 현우지만….

아무리 그래도 언제 끝날지도 모르는 일에 시간을 쏟는 건 현우에게 있어 마법 연구 한 가지면 충분했다.

'일단 먼저 통과를 해서 기다리다가 적당히 시간이 되면 몰래 도와주는 식으로 하는 게 낫겠군.'

결국 일단 밖으로 나가기로 결정한 현우가 조금은 어설픈 연기를 하며 우연인 척, 벽을 짚었고 그다음부턴 벽을 타고 쭉 걸어 단숨에 하얀 장막을 통과해냈다. 그리고 이런 현우의 성공을 기다렸다는 듯, 동시에 7번 장애물로 달려오는 김택용의 모습이 보이기 시작했다.

"타이밍이 나쁘진 않았군."

여기서 무엇을 더 하겠느냐만은, 만약 김택용이 장애물의 난이도를 높이기 위해 무언가 하려 한다면 연기를 해야 하는 현우에겐 곤혹스러운 일이었을 것이다.

'일단 기다려 볼까?'

반투명한 하얀 장막 너머로 좀비처럼 걸어 다니는 사람들을 구경하던 현우는 문득, 무언가 알 수 없는 불길함을 느꼈다.

'뭐지?'

누군가는 무더운 날씨 탓이라고, 그저 조금 기분이 안 좋았을 뿐이라고 생각할 정도로 찰나지간의 느낌이었다. 하지만 현우는 심각한 표정을 지었다.

현우는 다른 세상의 언령사로 살면서 이런 느낌을 몇 번 겪어본 적이 있었다. 마법사의 현명한 머리와 논리로도 설명할 수 없는 뜬금없는 불길함, 개연성 없는 불안이 무엇을 의미하는지 현우는 정확히 알고 있었다.

마법사는 마법을 통해 세상의 법칙을 다루는 존재

였다. 마법사는 자연과 법칙을 휘하에 두고 다루는 만큼, 세상에 많이 녹아들어 있었고 세상과 동화를 이루어가는 만큼 세상의 변화에 민감한 존재들이었다.

그렇기에 마법사가 아무런 이유도 없이 갑작스레 불길함을 느꼈다는 것은 곧 어떠한 안 좋은 일이 일어난다는 미래 예지와도 같았다. 실제로 마법사들 중 현자 내지는 예언가라 불리는 이들은, 이러한 마법사만의 특수한 능력을 이용해, 세상이 마법사에게 주는 경고를 주변 사건과 접목시켜 논리적으로 풀어내는 사람들이었다.

하지만 이 경우, 말 그대로 이유 없는 불길함에는 개연성 자체가 없었기에 무슨 일이 일어날지 알 수가 없게 마련이었다.

앞서 말했듯, 현자나 예언가라 불리는 이들은 그들이 가진 정보를 토대로 이를 분석하여 예언한다. 하지만 보통 마법사의 능력으로 이에 대한 자세한 정보를 얻는 것은 불가능이나 다름없었다.

그도 그럴 것이, 마법사 주변에 일어날 '무슨 일'의 범위는 단순히 마법사 본인을 대상으로 하는 게 아니라, 마법사의 주변에서 일어나는 모든 일을 다룬다.

그런 만큼 대상도 불분명하고 그 범위도 불분명하다. 그러니 이런 감각을 느낀다고 해서 일어날 일을 미리 예방할 수 있는 경우는 굉장히 드물었다.

하지만 마법사는 흔히 '준비하는 자'라고 불리는 특별한 사람들이었다. 또한 언제나 무언가를 탐구하는 족속이기도 했다. 그런 그들이 무언가 이상한 일이 있을 걸 알고도 가만히 있을 리가 없었고, 마법사들은 그 '무엇인가'를 찾아 무던히도 노력할 수밖에 없었다.

그리고 이는 현우도 마찬가지였다.

'어디가 문제인 거지……?'

기민하게 주변을 훑어 내려가는 현우의 눈은 대부분 세트장의 설비에 가있었다.

그도 그럴 것이, 운동장 한복판에서 무언가 갑작스러운 변화가 일어난다면 운동장을 가득 채우고 있는 이 세트장 외엔 다른 경우의 수를 생각할 수 없었기 때문이다.

현우의 눈이 주변 세트장의 내부를 꿰뚫어보고 있던 그때, 불안을 느끼고 있는 것은 현우만이 아니었다.

불안의 정체를 모르는 현우와 달리, 불안의 정체를 잘 알고 있는 김택용은 원인을 해결하고자 전력으로 달리는 중이었다.

"허억! 허억! 빠, 빨리 가야……!"

3번 장애물부터 7번 장애물까지는 그다지 멀지 않은 거리였다. 그러나 평소 운동과는 담을 쌓은 데다 마법 수준이 낮은 탓에 자신을 보조할 마법조차 걸 수 없는 마법사가 계속 전력질주로 달려오기엔 부담이 되는 거리였다.

하지만 그는 멈출 수가 없었다.

저 멀리 7번 장애물에 진입한 학생들이 전광판에 비춰지고 있었기에, 그리고 그중 가장 애매한 포지션에서 허공을 짚고 있는 서보람이 보였기에, 그는 비지땀을 흘리며 달릴 수밖에 없었다.

하지만 그런 그의 노력을 무심한 하늘은 인정해주지 않았다.

전광판 속, 허공을 짓던 서보람은 무언가 결심한 듯 보이지도 않는 눈은 꼭 감아버린 채, 입술을 질끈 깨물었다.

그리고…….

"아, 안 돼!"

김택용의 단발마가 울려 퍼지기 무섭게, 전광판 속 서보람이 직선 방향으로 마구 뛰어가기 시작했다.

방향감각을 잃은 상태에서 한 자리를 뱅글뱅글 돌고 있을지도 모르는 지금, 어딘가에 있을 출구를 향해 가려면 몸의 중심을 앞으로 두고 어딘가에 부딪칠 때까지 달리는 수밖에 없다고 생각했는지도 몰랐다.

그런 서보람의 공략법은 벽을 찾아서 벽을 짚고 따라 나오는 정석 공략법과 일맥상통하는 부분이 있었지만, 문제는 벽을 찾아가는 방법과 방향에 있었다.

"안 돼!"

한편에서 한 마법사의 처절한 외침이 터져 나온 가운데, 다른 한편에 있는 마법사는 꽤나 여유롭게 중얼거렸다.

"……저게 불안하게 한 이유였다면 규모가 작은데?"

서보람이 달려 나가는 방향은 그녀가 들어왔던 검은 장막이 있는 곳이었다. 그대로 뛰어나간다면 통과는 못하겠지만, 장애물 밖으로 벗어날 수 있는 방향이었다.

만약 그렇게만 된다면 정비를 하고 들어올 수 있으니, 처음부터 벽을 보고 들어오는 방식으로 공략할 수 있을 터였다.

물론, 그녀에게 걸린 저주가 풀린다면 말이다.

앞을 볼 수도, 방향을 알 수도 없는 그녀는 자신이 어디로 가는지도 모르는 채 무작정 달리게 될 가능성이 컸다.

또한 그것은 어떠한 사고로 이어질 가능성이 매우 높았다.

하지만 이에 대해 현우는 크게 걱정하지 않았다.

'물론 세트장 내에서 크게 다칠 일은 없을 테지만……'

현우가 분석한 대로라면 무엇보다 안전에 신경을 쓴 세트장의 구조였다. 그녀가 향하는 방향으로 아까까지 수많은 사람을 탈락시켰던 물웅덩이 등의 함정이 있긴 했지만, 그쪽엔 진행 도우미들도 있었고 큰 문제가 될 함정은 없었다.

하지만 만사 불여튼튼. 아직 불안감의 정체가 서보람의 질주인지 확신을 할 수는 없었지만, 만약 정말일 경우 어쩌면 현우가 놓치고 있는 무언가가 있을지도 몰랐다.

번뜩!

새카맣게 빛나는 현우의 두 눈이 단숨에 검은 장막의 정보를 읽어 내렸다.

그곳에 걸린 저주 마법들의 종류가 순식간에 그의 머릿속을 스쳐 지나갔지만… 안타깝게도 그가 바라던 저주해제 마법은 보이지가 않았다.

'그래도 비슷한 건 있군.'

장막에 의해 걸린 저주마법은 아티팩트의 범위를 벗어나면 풀리는 방식으로 되어 있었다.

그런 기능은 아마도 지금 서보람의 경우처럼 반대로 돌아 나오는 경우와 반대쪽의 디스펠 장막이 정상 작동하지 않는 경우도 상정한 설계인 듯싶었다.

'그런데… 장막 주변에 다른 게 있군?'

다른 게 있다곤 했지만 현우가 장막 주변에서 발견한 수식은 그다지 대단한 게 아니었다.

알람 마법과 조합된 문 개폐 마법으로, 장막의 반대 방향으로 나올 경우 미리 설치되어 있던 '반사 효과가 있는 문'이 튀어나오며 진행을 막아서는 장치였다.

'나름의 안전장치라는 건가?'

마법사들은 똑똑하다.

그들이 언제나 옳을 만큼 현명하다곤 할 수 없지만, 그들은 분명 보통의 범인들에 비해 압도적으로 뛰어난 머리를 가지고 있었다. 또한 평범한 사람들이 생각하지 못하는 점을 떠올리게 마련이었다.

그리고 이 세트장을 설계한 마법사 역시도 남들이 쉽게 떠올리기 힘든 저런 부분에도 철저한 준비를 해 놨던 것이다.

하지만… 그런 똑똑한 마법사에게도 분명 한계는 있었다.

이 세트를 설계한 마법사의 한계는 7번 장애물의 사람이 반대로 되돌아 나왔을 때의 '모든' 경우의 수를 떠올리지 못했다는 점이다. 때문에 그 문제의 해결책으로, 사람을 다시 장애물 안에 집어넣기 위해 대상의 힘과 체중 등에 비례한 반발력으로 밀어내도록 하는 설정만 해두었다.

게다가 그 마법사는 가장 치명적인 실수를 하나 하고야 말았는데, 바로 세트장이 운용되는 동안엔 당연히 관리자가 각 장애물에 배치되어 있으리라고 상정한 점이었다.

'설마 저거……?'

현우는 달려가는 서보람의 앞으로 바닥에서부터 솟아오르는 강한 반발력을 가진 벽을 확인할 수 있었다.

그리고 그 강력한 반발력에 서보람의 몸이 달려오던 속도와 맞물려 허공으로 몇 미터 가량을 붕 떠오르는 것까지, 정확하게 볼 수 있었다.

"꺄아아악!"

세트장 밖에서부터 비명소리가 들려왔다.

그와 동시에 현우의 눈이 허공에 떠오른 서보람의 낙하 지점을 읽어나갔다.

'위험해, 세트장 밖이다!'

만약 그녀가 세트장 내부로 떨어진다면, 각종 충격 완화를 위한 장치에 의해 부상을 좀 입을지언정 크게 다치진 않을 터였다.

하지만 현우가 확인한 대로라면, 그녀는 이 안전한 세트장을 벗어나 외부에 떨어질 것이었다.

게다가 세트장과의 안전거리 탓에 그녀의 낙하지점엔 다른 사람이 없을 뿐 아니라, 다른 장애물 쪽의 도우미들도 제 시간에 도착하기엔 너무 먼 거리에 있었다.

즉, 이곳에 있는 모든 사람들 중 그녀를 구할 수 있는 유일한 사람이 있다면 현재 위치상 가장 가까이 있는 현우밖에는 없었다.

'……어떡하지?'

찰나지간 현우의 머릿속으로 수많은 생각이 스쳐 지나갔다.

'내 몸이 보통의 성인 남성보다 조금 우위에 있는 정도로 강하긴 해. 하지만 그건 단순한 신체 기능의 차이일 뿐, 물리 법칙을 거스를 수 있을 만큼 강하다는 의미는 아니야. 육체만으론 둘 다 피해를 막을 수 없어……!'

하지만 현우는 마법사였다.

그것도 말 한마디로 마법을 부리는 특별한 마법사.

다만 문제가 있다면…….

'함부로 마법을 사용할 수 없다는 점.'

지금 현우의 신분은 대한민국의 평범한 고등학생으로, 마법사가 아니었다.

그리고 현재까지 현우가 알고 있는 이 세상의 상식대로라면 공인 자격증이 없는 민간인이 마법을 사용하는 것은 엄연한 불법이며, 얼마 전엔 현우가 죽었던 두 남자에 대해 간접적 추궁을 당하기까지 했었다.

그전까지 자신의 마법을 민간인 대상으로 사용한다는 것에 거부감을 느껴 마법 사용을 자제했던 현우였다면, 최근에는 드러내놓고 마법을 사용 할 경우 생길 일에 대한 불안감에 마법을 자제하는 중이었다.

물론 현우의 마법을 알아볼 수 있는 사람이 극히 적었다.

그러니 필요하다면 아까의 경우처럼 자신의 마법을 알아볼 수 있는 마법사의 시선을 돌려놓고, 눈에 띄지 않는 선에서 마법을 사용하는 정도는 얼마든지 할 수 있었다.

그렇다면 지금은 과연 현우에게 있어서, 마법이 반드시 필요한 상황인 걸까?

현우는 스스로에게 질문을 해봤다.

'현재의 나는 군이 따지자면 범법자의 신분. 눈에 띄는 행동은 좋지 못하지. 게다가 이쪽을 바라보고 있는 저 마법사의 눈을 피해 마법을 사용하는 건 불가능에 가까울 터. 아무리 실력이 낮다곤 하지만 눈앞에서 마법이 사용되는 걸 감지 못할 정도의 인물은

아니야.'

거기까지 생각한 현우의 눈에 허공에서 최정점을 찍고 자유낙하를 시작한 서보람이 보였다.

'그렇다면…….'

스스슷.

허공을 향한 현우의 두 눈이 순간적으로 움푹 꺼진, 해골의 눈구멍처럼 깊은 검은색으로 변했다.

'과연 저 아이에게 내 스스로의 위험을 무릅쓰고 마법까지 사용해서 구해야 할 가치가 있는 걸까?'

스스로에게 던진, 냉정한 질문이었다.

서보람의 미모는 엘프와 비견될 만큼 뛰어났다. 그러나 그게 현우에게 가져다주는 실질적인 이득은 없었다.

'그리고?'

서보람의 집안은 학교의 선생님들이 굽실거려야 할 만큼 대단했다. 만약 현우가 그녀를 구해준다면 많은 보상을 할 테지만… 과연 그들이 현우의 죄를 덮는 게 가능할지는 의문이었다.

'또 있나?'

그녀는 아름다운 미소를 지을 줄 알았다. 하지만…

그건 현우가 그녀를 꺼리는 가장 큰 이유가 아니던가?

'그리고 더?'

하지만 더 이상 생각이 이어지지는 않았다.

서보람에 대해 여태껏 특별히 생각해본 바가 없는 만큼, 떠올릴 수 있는 것이 한정된 탓이었다.

"꺄아아악!"

"떨어진다!"

"너무 멀어!"

그러는 사이 서보람의 자유낙하를 지켜보던 관중들의 목소리가 높아졌다.

하지만 그런 관중들의 모습과는 달리, 현우의 시선은 오히려 서보람에게서 떨어져 나왔다.

'어쩔 수… 없는 일이다.'

체념한 현우의 목소리는 입에서만 맴돌았다.

시야를 낮춰, 자신의 키 높이와 비슷한 벽이 하늘과 맞닿는 지점을 보는 깊고 어두운 현우의 두 눈에 힘이 들어갔다.

그리고 살짝.

눈이 감겼다.

시야가 온통 컴컴한 어둠으로 가득 찼다.

아무것도 보이지 않는 새카만 어둠.

빛 한 점 들지 않던 그곳, 하늘과 땅의 경계조차 모호하던 그곳에 기다란 지평선이 나타났다.

현우의 눈이 떠졌다.

꿈뻑-.

다시 뜨여진 두 눈은 어느샌가 본래의 모습으로 돌아와 있었고 잠시 뒤, 다시 벽을 응시하는 두 눈에 푸른빛이 서렸다.

동시에 발에도 푸른빛이 서렸다.

"헤이스트!"

후우웅!

현우의 몸 주변에 모여 있던 마나가 붕대처럼 현우의 다리를 감싸며 앙상한 다리에 힘을 더했다.

그다음 순간.

파앗!

타닷!

현우의 발은 허공에 떠올라 도약을 하게 되었고, 떠오른 두 다리의 첫 도착지는 조금 전 현우가 보고 있던 벽 위쪽의 난간 부분이었다.

눈 깜빡할 사이 벽 위에 서게 된 현우는 바로 눈앞

을 스쳐 지나가는 서보람의 모습을 보면서도 다시 한 번 고민했다.

지금이라면 아직 되돌릴 수 있었다.

모두의 시선은 그녀에게 향해있었고, 조금 전 현우가 난간에 올라오는 과정을 정확히 본 사람은 정말 극소수에 불과했다. 그러니 지금이라면, 지금이라도 그녀를 포기하고자 한다면, 현우는 떨어지는 서보람을 향해 안타까운 헛손질을 하면 될 일이었다.

하지만 고민은 오래가지 않았다.

'나는… 이것이 옳다고 믿는다.'

신인의 경지에서 평범한 인간으로 격하된 현우는 다시 바름의 굴레로 들어와 버렸다.

이 굴레에서 현우는 자신 스스로를 챙기는 것이야말로 바르다는 생각과, 위기에 처한 사람을 구하는 것이야말로 바르다는 생각의 대결에서 후자의 손을 들어주었다.

난간에 고양이처럼 쪼그려 앉은 현우가 여전히 떨어지고 있는 서보람을 향해 다시 한 번 발을 굴렀다.

부웅─.

제자리멀리뛰기 선수가 아닐까 싶을 만큼 기나긴

도약이었다.

벽을 박차고 날아간 현우의 몸은 서보람의 바로 아래를 스치듯 지나갔고, 이 순간을 노리고 있던 현우의 두 팔이 그녀를 덥썩 안았다.

꽤나 자연스럽게, 편안히 안은 듯한 모습이었다. 하지만 그런 겉모습과 달리, 가속도에 중력까지 더해진 서보람을 두 팔에 안는 순간 엄청난 하중이 느껴졌다.

그 탓에, 되도록 아끼고자 했던 단어를 내뱉었다.

"스트렝스 업!"

조금 전 현우의 다리를 휘감았던 마나들이 이번엔 현우의 온몸에 은은한 녹색 빛을 그려냈다.

그러자 현우는 자신의 팔에 가해지던 하중이 한층 약해진 것을 느낄 수 있었다.

이로써 서보람은 현우라는 최소한의 안전장치를 확보한 셈이었다.

'아직이다……!'

하지만 아직 안심하기엔 일렀다.

비록 근력 강화를 통해 몸의 부담을 줄이긴 했지만, 그렇다고 가속도가 붙은 서보람의 무게를 줄인 것은 아니었다.

만약 이대로 바닥에 착지한다면 서보람의 무게를 지탱해야 하는 현우는 여러 부상을 입을 확률이 높았다.

"스톤 스킨 아머! 로스 웨이트!"

처음이 어렵지 두 번, 세 번은 쉬웠다.

현우의 입에서 터져 나온 약속된 말에 따라 순식간에 두 가지의 마법이 펼쳐졌다.

하나는 이대로 바닥에 충돌하게 될 경우 입게 될 타박상에 대처하기 위한 피부 강화 마법이었고, 다른 하나는 충돌 시 받을 충격을 줄이기 위한 무게 감소 마법이었다.

그렇게 두 사람의 몸이 은근한 녹색 빛으로 물드는 순간, 예정된 충돌이 일어났다.

콰당탕!

운동장의 모래가 휘날리며 떨어진 사람들을 감싸 안았다.

모두가 그들의 착지점을 바라보며 침을 삼키던 그때, 바람에 먼지가 걷히고 두 사람의 모습이 드러났다.

숨도 멈추고 사건의 행방을 지켜보던 사람들은, 그 제야 정신을 차리고 환호를 보내기 시작했다.

"와……!"

"와아아아아!"

"해냈다!"

짝짝짝!

충격이 꽤 있는 듯 서보람도 현우도 옴짝달싹 않고 있었지만, 다행히도 겉으로 보기에는 아무런 이상이 없어 보이는 두 사람이었다.

그러나 정작 그 환호와 박수를 받고 있는 당사자는 잔뜩 얼굴을 찌푸리고 있었다.

"쓰으으읍……."

그냥 높이만도 사람 키의 몇 배에 달하는 세트장이었다. 그런 곳보다 높은 곳에서, 그것도 두 사람이 함께 떨어진 충격은 여러 마법으로 보조했음에도 꽤 큰 충격을 주었다.

'무게를 줄인 것까진 좋았지만 착지가 불안했어.'

운동장의 모래 위에 선명하고 기다란 발자국과 엉덩이 자국을 남긴 현우는 엉덩이를 타고 오르는 고통에 신음하지 않을 수 없었다.

그러나 사실 이것도 현우의 머릿속에서 어느 정도 예상했던 부분이었다.

마나에 의해 저절로 만들어졌던 예전의 몸에 비해, 지금 몸은 운동신경도 그렇거니와 뒤떨어지는 신체능력을 보조할 마법 능력조차 떨어졌으니 말이다.

'그나저나 이 애는 괜찮은 건가?'

상상할 수 있는 한 최악의 경우까지 떠올리고 고민한 끝에 구하기로 결정한 서보람이었다.

현우 나름대로 희생까지 치러가며 한 일이 실패해선 곤란했다.

"……."

"……."

현우는 아직 품에 안고 있는 서보람과 눈을 맞췄고, 얼어버린 듯 꿈쩍도 하지 않는 두 눈동자를 보며 그제야 그가 잊고 있던 것을 떠올릴 수 있었다.

'그러고 보니 아까 저주마법이 풀리지 않았겠군.'

차라리 잘되었다 싶었다.

꽤 많은 사람들이 마법이 발동하는 장면을 보긴 했지만, 가장 가까이 있던 당사자가 못 봤다는 증언을 해주면 꽤 도움이 될 테니 말이다.

하지만.

데굴데굴.

"……?"

여태껏 마주하고 있던 눈동자가 어째선지 현우의 시선을 피해 한쪽으로 데구르르 굴러갔다.

마법에 걸려있다곤 믿을 수 없을 만큼 자연스럽게 움직이는 눈동자의 모습에 이상함을 느낀 현우가 숨결이 닿을 듯 조금 더 얼굴을 가까이하여 두 눈을 바라봤다.

그러자.

"……."

마주한 눈동자가 거세게 흔들렸다.

"마법… 풀려 있었군."

사실 그녀에게 걸린 블라인드 마법은 진즉에 풀려 있었다.

그녀가 허공으로 떠올랐을 때 그녀의 몸은 그녀에게 마법을 걸었던 장막으로부터 꽤 멀리까지 떨어져 있었고, 그녀의 몸이 가장 높은 곳에 닿았을 때쯤 그녀도 체육대회 날에 어울리는 파란 하늘을 마주보고 있었다.

'뭐, 어쩔 수 없나.'

현우로선 아쉬운 일이었지만, 이 역시도 최악의 가정에 들어가던 것 중 하나였다.

이미 마법을 사용하는 모습이 많은 사람에게 보여졌다.

그러니 사실 그들이 추궁하려고 나선다면 묵비권밖엔 대응할 방법이 없는 현우였으니, 언젠가는 알려질 수밖에 없는 사실이었다.

그나마 현재 현우의 마나 지배력에 맞는 고 클래스의 마법 대신, 저 클래스의 마법만을 사용하여 상황을 해결하는 걸로 정말 최소한의 안전장치를 걸어둔 현우였다.

'물론 저번에 그 대마법사가 다시 조사하러 온다면 힘들 테지만……'

현우가 이제부터 생겨날 많은 문제들에 대해 고민하고 있을 때, 현우의 품에서 얼굴을 붉히고 있던 서보람이 조심스럽게 현우의 품에서 빠져나왔다.

와! 와!

와아아아!

환호하는 사람들이 둘을 향해 뛰어오는 가운데, 자

리에서 잠시 주변을 살피던 그녀는 여전히 일어서지 못하고 있는 현우를 보며 걱정스러운 표정으로 물었다.

"괘, 괜찮으세요?"

"……조금 아프긴 하다만 그다지 걱정할 정도는 아니다. 통증만 좀 가라앉으면 일어날 수 있을 거다."

"하지만……."

그래도 여전히 걱정된다는 듯 현우의 곁에 쪼그려 앉은 서보람은, 어느샌가 얼떨떨한 표정으로 그녀에게 다가오는 김택용을 가까이 불렀다.

"전화 좀 빌려주시겠어요?"

"……예? 아, 예."

서보람의 말에도 멍하니 현우를 바라보던 그는, 정신이 나간 듯 자신의 품을 한참 뒤지고 나서야 서보람에게 자신의 핸드폰을 쥐어줄 수 있었다.

그사이, 환호성과 함께 그들의 주변으로 모여든 많은 학생들이 질문 공세를 퍼붓기 시작했다.

"너 괜찮아?"

"다친 곳은? 다친 곳은 없어?"

"방금 그거 어떻게 된 거야?"

"좀 전에 막 빛났던 건 뭐야?"

…….

수많은 질문들이 쏟아졌지만, 불행인지 다행인지 서보람은 그 누구의 질문에도 답하지 않은 채 전화에 열중했다. 그 덕분인지는 몰라도 현우에게 질문을 하는 사람은 하나도 없었다.

"자자, 뒤로 물러서라."

"보람아 다친 곳은 없니?"

"119에 전화하마!"

선생님들도 어디론가 전화를 걸고 있는 보람을 향해 연신 안부를 물을 뿐, 아직 바닥에 엉덩일 대고 앉은 현우를 신경 쓰지 않았다.

'뭐라도 물어볼까 봐 적당히 얼버무릴 말을 꽤 준비했는데… 하기야 나로선 나쁠 거 없지.'

앉아 있는 동안 기껏 준비해둔 몇 가지 멘트가 쓸모없어지긴 했지만, 현우는 그게 나쁘다고 생각하지 않았다.

아니, 차라리 이대로 현우에 대해 완전히 잊고 아무도 관심 가지지 않았으면 좋겠다고 생각했다. 하지만 그런 현우의 마음과는 달리, 열을 내며 현우에게 관심 가져주기를 성토하는 사람이 있었다.

"현우야! 너 괜찮아?"

"……보시다시피."

이성희의 걱정 가득한 물음에 담담히 대꾸한 현우
였다.

'꽤 빨리 내려왔군.'

현우가 뛰어내릴 때까지도 여전히 마법에 걸려 허
우적거리고 있던 이성희였다. 이런 상황에서 김택용
이 저주를 풀 정신이 있었을 것 같지는 않다. 현우의
등 뒤로 더 이상 마나의 움직임이 포착되지 않는 장애
물 경기장 세트를 보건대, 아마도 아티팩트에 마나를
공급하던 장치가 꺼짐에 따라 마법의 효력이 다한 듯
싶었다.

"너 대체 뭘 한 거야?"

현우가 세트장 밖 운동장에 주저앉아 있는 것을 보
고 급히 내려온 그녀였다. 그러나 사실 마법에 걸려
있던 그녀가 본 것은 하나도 없었기에, 그녀로선 직접
사정정취를 하는 수밖에 없었다.

"뭘 했냐고 물어도… 한 명이 경기장 밖으로 튕겨
나갔고 그걸 잡으려고 같이 뛰었을 뿐이다."

덤덤히 설명하는 현우의 말에는 복잡 다양한 여러 가지 일들이 빠져있었지만 틀린 말은 아니었다.

하지만 이성희가 원했던 대답은 이런 게 아닌 듯 이성희가 인상을 쓰며 다시 현우를 불렀다.

"너… 넌 진짜……."

"……?"

성희는 '나는 아무것도 모르겠다' 라는 표정으로 멍하니 자리에 앉아 있는 현우를 보며 무언가 할 말이 많다는 듯 입을 달싹거렸지만, 이내 한숨을 쉬며 현우를 부축했다.

"……에휴, 일어설 수 있겠어?"

"글쎄, 잘 모르겠군. 크게 다치지 않은 건 확실한데 아직 통증이 심해서 조금 더 지나 봐야 알 것 같다."

현우는 아직까지도 뼛속 깊숙이 느껴지는 통증에 살짝 미간을 모았다가 풀었다.

"……일단 이런 곳에 있기는 좀 그러니까 앰뷸런스가 올 때까지 양호실이라도 가 있자."

끄덕.

현우로서도 불편한 장소였던 만큼 그녀의 말에 동

의를 표했고 이성희는 바닥에 앉은 현우의 팔을 목에 걸며 현우를 부축했다.

하지만.

"윽!"

"왜 그래? 많이 아파?"

"음… 움직이지 않고 앉아 있을 땐 몰랐는데… 움직이니 확실히 아프긴 하군."

그때, 여태껏 전화기를 붙잡고 있던 보람이 현우에게 다가와 말했다.

"잠시만요, 선배님! 잠깐만 기다려 주세요. 지금 저희 집에 전화해서 앰뷸런스를 보내게 했으니까……."

걱정스러운 어투와 안타까운 표정으로 현우를 막아선 서보람이었지만, 이는 오히려 이성희를 자극할 뿐이었다.

"야! 너는……!"

움찔!

자신을 구해준 사람은 내팽개쳐두고 전화나 하고 있던 서보람이 얄미웠던 이성희가 그녀를 향해 목소리를 높였지만, 이내 현우가 손을 들어 제지했다.

"그만. 조용히 해."

"하, 하지만…… 너무하잖아."

"아니, 난 괜찮으니까 신경 쓸 필요 없다."

물론 현우의 말은 단순히 몸이 괜찮다는 의미가 아니라, 관심을 받고 싶지 않다는 의미의 괜찮다는 말이었다. 그 괜찮다는 의미를 어떻게 받아들인 것인지, 이성희는 서보람을 잔뜩 노려보곤 현우를 부축해 양호실로 갔다.

그런 현우의 등 뒤로 수많은 시선들이 꽂혔다. 그들의 시선 속에 담긴 호기심을 느낀 현우였지만, 그들의 호기심을 해결해줄 생각 따위 전혀 없었다.

그런 현우의 뒤로 어쩐지 안타깝게 보이는 서보람의 손이 뻗어왔지만… 그 손이 현우를 붙잡는 일은 없었다.

얼마 뒤, 운동장엔 앰뷸런스가 도착했다.

하지만 그 차에 타는 사람은 결과적으로 아무도 없었다.

애당초 아무런 이상이 없던 서보람은 차에 있는 간단한 장비로 잠시 검사를 받았고, 현우는 자신이 아무렇지도 않음을 끝까지 주장하며 거부한 결과였다.

그날의 체육대회는 그렇게 막을 내렸다.

많은 사람들의 기대를 한 몸에 받았던 것에 비해 시원찮은 결과로 흐지부지 된 체육대회였지만, 그렇다고 체육 대회를 주목하던 이들의 열광까지 흐지부지 된 것은 아니었다.

그 결과 그날을 기점으로 학교엔 또 다른 영웅담이 생겨나 있었다.

4.
그녀들의 사정

서보람. 그녀가 처음 '그'를 만났을 때 느낀 것은 특별하달 것 없는 감정이었다.

굳이 그 감정을 정의 내린다면… 수집욕 정도였다.

그에 대한 소문은 그를 만나기 전부터 귀가 따갑도록 들었지만, 그녀는 이를 다 믿지 않았다. 그녀의 친구들은 그의 영웅담에 심취해 있었지만, 그녀가 알아본 현우의 평소 행실이나 능력을 생각해 봤을 때는 소문이 전부 사실일 확률이 극히 낮았기 때문이다.

특히나 그녀는 학교에 영웅담이 생기기 이전에 우연찮게 멀리서 현우를 한번 보고 그의 추레한 모습에 질색을 한 경험이 있었기에, 그토록 뜨거운 감자로 떠오른 남자였음에도 그녀의 '컬렉션'에 추가할 가치도 없는 남자로 여기고 있었다.

하지만 그로부터 얼마 뒤, 매일같이 그녀를 학교에 데려다 주던 차에 갑자기 이상이 생겨버렸다. 탓에 그녀로선 드물게 대중교통을 이용하던 날, 그녀는 현우로부터 도움을 받게 되었다.

그리고 생각을 조금 수정했다.

어쩌면, 소문이 전부 진실은 아니더라도 일부분 진실이지 않을까 하는 생각이 들었다.

그렇다고 그 이상의 어떤 특별한 감정이 생기거나 대단히 감사한 마음이 생긴 것은 아니었다.

그녀에게 있어서 남성이 자신을 돕는 것은 응당 그래야만 하는, 당연한 일인 탓이었다.

그녀가 현우에 대한 가치를 상향 조정한 그날 당일, 그녀는 그의 학급을 찾아갔다. 비록 그의 외모는 그녀가 수집하고 있는 컬렉션들의 평균치에 턱없이 부족했지만, 그녀를 도와준 '답례'를 겸해서 '수집품'에 넣어줄 생각이었다.

그리고 그녀는 현우가 자신의 수집품이 되길 바라

지 않을 거라곤 추호도 생각지 않았다.

그녀의 앞에선 어떠한 남자라도 그렇게 될 수밖에 없다고 당연하게 생각했던 탓이다.

그래서 그를 찾아간 그녀에겐 어떤 특별한 계획조차도 없었다. 그저 평소 수집물을 모을 때 사용하던 몇 가지 방법으로 그를 유혹할 생각이었고, 그게 실패할 거라곤 생각지도 않았다.

그녀가 집에서 교육 받은 대화 방법, 행동 양식은 그녀에게 실패를 안겨준 일이 없었기 때문이다.

그렇게 자신감이 넘친 그녀였기에, 이제 곧 추가하게 될 새로운 컬렉션의 가치를 조금 더 높이고자 그날 자신이 현우로부터 도움 받았던 일을 인터넷상에 퍼뜨리기까지 했다.

그렇게 곧 가지게 될 물건의 가치를 올릴 만반의 준비를 하고, 유혹이 아닌, 아직 바닥을 구르고 있을 돌멩이를 주우러 간 그날. 어처구니없게도 그녀 일생에 있어서 첫 실패를 경험하고야 말았다.

그녀는 그런 종류의 사람을 처음 겪어 보았다.

그녀가 반걸음 다가서면 한 걸음을 물러서고, 어떤 말을 하더라도 깊게 호응하지 않았다. 그녀가 평생 동안 요긴하게 써먹었던 미소는 거진 대놓고 싫어했을 뿐 아니라, 그녀가 무슨 말을 하건 단호한 축객령을 내리기까지 하는 남자는 그녀로선 난생 처음 접하는 부류였다….

그녀는 세상에 그런 남자가 있으리라곤 생각지도 못했을 뿐만 아니라, 준비한 것들이 실패했을 경우를 상정하지 않았다. 그렇기에 그녀는 스스로가 생각하기에 치욕스러운 결과만을 가지고 그 자리를 벗어날 수밖에 없었다.

그날 밤, 그녀는 무던히도 짜증을 냈다.

자신에게 치욕감을 안겨준 현우라는 남자가 그날 아침 만났던 치한 무리보다 더 기분이 나빴다.

그리고 그럴수록, 현우를 자신의 수집품 목록에 넣고 싶어졌다.

그녀는 현우의 가치를 조금 더 상향 조정했고, 이번엔 조금 계획을 세우고자 현우를 조사했다.

과거의 일부터 가장 최근의 일까지…. 하지만 과거의 일들은 그저 한심하기 짝이 없는 내용들인지라 그녀에겐 아무런 도움이 되지 않았고, 담백하다 못해 건더기조차 느껴지지 않는 현우의 일상에 유일하게 색

깔을 가진 키워드인 이성희에게 집중하게 되었다.

얼마 전 좋지 못한 일을 겪었을 때 현우로부터 도움을 받은 뒤로 그의 곁에 계속 달라붙어 다닌다는 여자. 그녀는 그런 이성희를 실패의 원인으로 지목했다.

사실 조사 결과대로라면 이성희와 김현우 간에 특별한 감정 같은 게 있는 것으로 보이진 않았다. 하지만 그녀에겐 자신의 실패를 변명할, 자신을 납득시킬 만한 타당한 이유가 있어야만 했다.

그렇게 현우를 이성희의 소유물로 결론 내린 그녀는, 차오르는 수집욕에 그를 뺏어올 간단한 계획을 준비했다.

하지만… 평소 그런 부분에 대해선 단 한 번도 생각해본 적이 없는 서보람이었다.

그녀에게 있어서 남자는 당연히도 자신에게 잘해주고 먼저 다가오려고 하는 존재였지, 가까이 가면 인상을 쓰며 거리를 벌리는 존재가 아니었다. 때문에 어떤 방법을 써야 그런 사람을 끌어당길 수 있는지 떠오르는 바가 하나도 없었다.

결국 현우가 자신에게 반하지 않고는 못 배길 멋지고도 아름다운 모습을 보여주겠다는, 구체적인 부분이라곤 단 한 점도 없는 어처구니없이 순진한 발언이 그녀의 주변으로 퍼져 나갔다.

그 누구나 고개를 저을 만큼 당혹스러운 계획이고 생각이었지만, 그녀의 생각이 입 밖으로 나온 순간 그 것은 현실에 실행이 되어야만 하는 일이었다.

그렇게 그녀의 말은 언령처럼 그녀 집안의 휘하 사람들에게 녹아 들어갔다. 그 결과 체육대회에 어마어마한 투자가 이루어졌으며, 그것은 곧 전국 고등학교의 체육대회 사상 전례 없는 거대한 장애물 경주를 만들어냈다.

학교의 역사의 일부분을 강제로 장식하게 한 그녀는, 다시 한 번 자신의 힘과 영향력을 확인하며 의기양양하게 체육대회에 참가했다. 이번에야말로 실패는 없으리란 생각으로, 그녀가 미처 주워 담지 못했던 돌 조각과 그 돌을 땅에 잡아두는 끈덕진 껌을 만날 수 있었다.

한껏 콧대를 세우며, 이전 날과 달리 유혹하는 미소가 아니라 그녀 나름대로 위에서 내려다보는 높은 곳에 선 자의 웃음을 어렴풋이 지어 보았다. 하지만 그 만남 역시 이전과 특별히 다르지 않았다.

현우와 몇 마디 말을 나누긴 했지만, 여전히 그녀에
겐 전혀 관심이 없어 보이는 현우였기 때문이다. 오히
려 그녀는 옆에 있던 이성희로부터 열렬한 관심을 받
을 수 있었다.

그것도 그녀의 일평생 그다지 없었던 적개심이라는
관심을 말이다.

일종의 선전포고와도 다를 바 없는 이성희의 특별
한 관심에, 그녀에게 얕보였다는 생각이 들어 자존심
이 상했다.

원래대로라면 현우의 옆에서 나란히 달리며, 마법
장애물의 여러 효과를 통해 그의 머릿속에 '멋있는
여자'라는 이미지를 각인시키려 했다. 그래서 그 스
스로도 인지하지 못하는 사이에 그녀의 주머니에 들
어오도록 하겠다는 계획이었는데…… 뚱딴지같은 곳
에서 자존심이 상해버린 그녀는 시작도 전에 계획을
머릿속에서 지워버렸다.

그때의 그녀의 머릿속에 남은 건 자신을 무시한 두
연놈에 대한 짜증과 분노밖엔 없었다.

그런 와중에 경주는 시작되고야 말았다.

첫 장애물은 그녀로서도 조금 겁이 났지만, 두 사람

을 향한 분노와 짜증은 두려움을 간단히 극복하게 해 주었다.

그녀는 곧장 다음 장애물로 나갔고, 미리 들은 공략대로 장애물을 통과했다. 그렇게 단숨에 2개분의 차이를 벌리며 그들을 비웃어줬다.

하지만 그것도 잠시뿐이었다. 그녀의 계획에 차질이 생기기 시작했다.

본래 예정대로라면 그녀가 도착함과 동시에 그녀를 위해 미리 약속되어 있는 패턴으로 장애물이 바뀌어야 했지만, 어째선지 장애물이 바뀌지 않았다. 아니, 바뀌긴 바뀌었으나 그것은 약속되어 있던 형태가 아닐 뿐만 아니라, 만일을 대비해 그녀가 기억해 뒀던 기본적인 패턴과도 전혀 연관이 없었다. 평소의 그녀였다면 냉정하게 상황을 살피고 장애물을 조종하고 있는 김택용을 향해 무언의 대화를 시도했을 테지만… 뒤쪽에 바짝 따라붙기 시작한 현우네 덕분에 그녀는 무작정 장애물에 뛰어들 수밖에 없었다.

어떻게든 자력으로 장애물을 통과하려는 생각이었던 것이다.

하지만 결과적으로 이는 실패하고야 말았고, 현우

가 그녀 앞에 도착했을 때 그녀는 산발이 된 머리와 엉망이 된 계획이 주는 수치심과 실패감에 남몰래 진저리를 쳤다.

곧 있을 두 남녀의 그녀를 향한 비웃음이 줄 치욕감에, 아직은 닿지 않은 미지의 공포에 몸을 떨어야만 했다.

하지만… 그녀의 생각과 달리 그녀를 보고 웃는 사람은 아무도 없었다.

이성희는 여전히 그녀에게 계속 적개심을 불태우는 모습이었지만, 그녀는 순수하게 이 경주를 즐기는 모습이었다. 현우도 역시 그녀에겐 관심 없다는 듯 장애물 앞에서 못마땅하다는 듯 기묘한 표정을 지을 뿐이었다.

그런 그 둘의 모습에 그녀는 자신이 작아짐을 느꼈다.

순간 그녀의 마음에 허탈함이 들어찼고, 현우의 무관심함을 다시금 확인하며 한숨을 내쉴 수밖에 없었다.

그때쯤 그녀에겐 더 이상 현우를 갖고자 하는 의지는 남아 있지 않은 상태였다. 하지만… 이 경주에 대한 승부욕까지 사라진 것은 아니었다. 현우에 대한 생각이 사라진 그 자리로 그녀에게 잔뜩 적개심을 내보이는 이성희를 압도적으로 이겨주고 싶다는 생각이 들어찼다.

그렇게 그녀가 이전과는 다른 생각이 생겼을 무렵, 우연인지 필연인지, 모두가 거진 동시에 3단계 장애물을 통과하게 되었다. 그리고 그것은 그녀와 이성희의 싸움의 시작을 알리는 신호탄이 되었다.

난이도가 쉬워진 만큼 탈락하는 사람이 없었기 때문에, 많은 사람들 속에 그녀 둘의 1:1 대결은 펼쳐지지 않았다. 하지만 공략을 숙지하고 있는 그녀와 그녀가 지나간 자리를 귀신같이 따라오는 이성희의 날렵함에 그 둘은 둘만이 알 수 있는 치열한 싸움을 하고 있었다.

그러던 와중에 7단계에 이르렀다.

7단계는 공략법을 알고 있더라도 운이 따라주지 않으면 안 되는 구간. 그녀가 공략법으로 길을 찾아 나가는 것보다, 어쩌면 운 좋은 누군가가 우연히 탈출구를 발견하는 게 더 빠를 수 있는 곳이었다.

그래서였던 것 같다. 그녀가 그런 말도 안 되는 일

을 벌인 것은.

7단계에 돌입할 때까지 선두싸움을 벌이던 이성희를 떠올리는 그녀의 마음에 불안이 깃들었다.

조금 전 둘이 딱 붙어서 블라인드 장애물에 들어왔기 때문에, 느끼지만 못할 뿐 코앞에 이성희가 있을 걸 뻔히 알고 있었다. 하지만 눈에 안 보이자 왠지 벌써 저 멀리 가버린 것 같은 기분이 들었다.

이대로 자신이 이성희에게 져버리면 어떡하나, 전교생이 보는 앞에서 패배를 하면 어떡해야 하나. 그녀의 마음은 불안하기만 했다.

그래서 그녀는 달리기로 마음먹었다.

그녀가 사전에 7단계의 공략을 들을 때 절대 달리지 말라는 주의를 들었지만, 패배에 대한 불안감과 그녀의 가슴을 뛰게 하는 기묘한 흥분감은, 위험을 동반하는 대신 빠른 공략을 보장하는 달리기를 선택하게 만들었다.

서로를 확인할 수 없는 상태다 보니, 누군가 빠르게 달려가고 달려온다고 한들 피할 수 있을 리가 없었다. 그래도 몸이 아픈 것보다 이성희에게 진다는 사실이 억울하고 부끄러웠다. 또한 달리기를 하다 방향감각을 잃어서 제자리를 빙글빙글 도는 꼴사나운 모습이 되더라도, 이성희랑 싸우면서 전력을 다하고자 하는 마음이었다.

이성희에 대한 그녀의 승부욕은 이런저런 위험성을 모두 감수하게 만들었다.

그녀가 달려 나가는 방향에 아무도 없기를 바라며, 그녀는 입술을 앙다물고 온 힘을 다해 뛰었다. 그렇게 어디론가 달리기 시작한 그녀의 시력이 돌아왔을 때, 그녀는 말로만 듣던 러너스 하이를 흔히 알려진 것과는 조금 다른 방식으로 경험하는 중이었다.

그녀의 두 눈으로 새파란 하늘이 들어왔고, 여름의 따가운 해가 그녀를 쏘아보고 있었다. 그녀 자신의 몸이 허공에 있음을 깨닫는 데는 오랜 시간이 걸리지 않았다.

그녀의 도약이 정점을 찍고 떨어져 내릴 무렵, 그녀의 머릿속으로 많은 상념이 스쳐 지나갔다.

여태까지 그녀가 해왔던 철없는 행동들에 대한 후회, 그녀가 개인의 욕심을 채우고자 남들에게 끼친 민폐, 그녀를 좋아해준 많은 사람들을 깔보았던 것에 대한 부끄러움…. 다양한 감정들이 그녀의 가슴을 채웠다.

그리고 스스로의 몸에 가속도가 붙는다고 느껴졌을 때쯤, 그녀는 자신의 몸을 받치는 무언가를 느낄 수 있었다.

그때쯤의 그녀는 그게 죽음 같은 건 줄 알았다.

제대로 보지는 못했지만 얼핏 볼 수 있었던 지면까지의 거리는 여리디여린 몸을 가진 그녀를 단숨에 죽음으로 이끌기에 부족함이 없어 보였다.

그녀의 몸을 단단히 틀어잡은 가느다란 팔목이 지옥에서부터 그녀를 땅 밑으로 잡아끄는 악마의 손길처럼 느껴졌다.

그렇게 그녀의 머릿속이 불길한 생각으로 가득해져 갈 때, 그녀의 귓가로 낮게 깔린 중저음의 목소리가 울려 퍼졌다.

"스트렝스 업."

꽤나 고급스러운 영어 발음은 스스로 죽음이 임박했음을 느끼는 그녀에게 이상한 기분을 느끼게 했다. 그 말의 뜻대로 그녀의 힘이 강해진, 그런 느낌이었다.

아니, 힘이 강해졌다기보다는 무언가 자신감 같은

게 늘어난 기분이었다.

물론 실제 마법의 효과를 받는 것은 당시 마법을 건 현우뿐이었고, 그녀가 그런 느낌을 받은 건 현우의 말에 자연스럽게 녹아 있는 언령의 힘이 그가 외친 말의 뜻을 몸으로 받아들임에 따라 나타난 자연스러운 현상일 뿐이었다. 그래도 당시의 그녀는 정말로 힘이 세진 것 같은 기분을 느끼고 있었다.

그 기묘하면서도 기분 좋아지는 느낌을 만끽하고 있던 그녀는 자신의 옆에서 번쩍이는 녹색 빛을 목격할 수 있었다.

멀리 있는 사람이라면 잘 보였을까, 하는 생각이들 정도의 옅은 녹색 빛은 그녀를 지지하고 있는 무언가에 스며들며 사라졌고, 그녀를 잡고 있는 앙상한 팔이 한층 강한 힘으로 그녀를 끌어안았다는 것을 확실히 느낄 수 있었다.

그리고 그때서야 그녀는 악마의 손아귀에 잡힌 게 아니라 자신이 누군가의 가슴팍에 안겨있음을 깨달았다.

이미 상황에 초탈한 그녀답게 그런 깨달음은 자연스럽게 평가로 이어졌다.

체격이 그리 크지 않은 듯 그다지 넓은 가슴은 아니었지만, 몸을 꼭 웅크리고 있는 그녀가 들어가기엔 충분한 넓이였다.

상대의 가슴에 닿아 있는 이마로 단단한 가슴 근육 같은 게 느껴지진 않았지만, 두근거리는 심장과 뜨거운 열기는 느낄 수 있었다. 또한 그 열기는 너무 덥지도 않고 딱 적당해서, 무더운 여름임에도 허공에 떠오르면서 싸늘하게 식어버린 그녀의 몸을 덥히며 아주 좋은 느낌으로 돌아왔다.

최고로 만족스러운 수준은 못 됐지만, 그녀 한 명이 들어가 쉬기엔 충분한 넓이의 가슴이란 평가를 내렸다. 그렇게 그녀가 가슴의 감촉에 만족해하는 사이, 가슴 주인의 조금은 다급한 음성이 그녀의 귓가에 울려 퍼졌다.

"스톤 스킨 아머. 로스 웨이트."

여전히 고급스럽고 매끄러운 발음이었다. 또한 남자다움이 느껴지는 멋있는 목소리였다.

목소리가 좋은 남자를 꽤 많이 알고 있는 그녀였지만, 지금 그녀에게 들린 목소리는 그간 들어왔던 단순히 듣기 좋은 정도의 목소리 수준이 아니었다. 평생을 곁에 두고 듣고도 모자라 죽어가는 순간까지도 듣고 싶다는 생각이 드는, 그야말로 마법 같은 목소리였다.

그녀가 목소리에 만족하며 기왕 죽는 거 조금 더 들려줬으면 좋겠다는 생각을 하고 있을 무렵, 그녀는 조금 전 스트렝스 업이란 말을 들었을 때와 달리 확실하게 자신의 몸에 변화가 일어났음을 알 수 있었다.

그도 그럴 것이, 조금 전엔 그녀를 안고 있는 남자에게만 스며들었던 녹색의 빛이 이번엔 그녀의 몸 주위에도 머물렀기 때문이다.

웅크리고 있던 탓에 선명하게 느껴지는, 피부가 맞닿는 부분의 단단함이 너무도 신기했다. 게다가 공중에 떠있는 탓에 정확히 알 수 없지만, 어쩐지 몸이 가벼워져 날아갈 것 같은 기분이었다. 어쩌면 살 수 있지 않을까 하는 근거 없는 자신감이 들기까지 했다.

그리고 그런 자신감을 실험해볼 기회는 굉장히 빨리 찾아왔다.

쿠당탕!

시끄러운 소리와 함께, 그녀의 몸이 강렬한 충격 속으로 내쳐졌다.

숨을 쉴 수 없는 압력에 한순간 헉, 소리를 냈던 그

녀는 두려움에 몸을 떨었다.

지금은 너무 놀라 느껴지지 않지만… 곧 체감하게
될 고통은 얼마나 괴로울까, 그녀의 걱정이 천근만근
쌓여가는 그때.

그녀의 귓가로 이번엔 바람을 빨아들이는 소리가
들렸다.

"쓰ㅇㅇ읍……."

너무 생각지도 못한 소리가 들려온 탓일까? 그녀는
무섭던 와중에도 눈을 돌려 소리가 난 방향을 보았고,
그때서야 그녀는 자신이 누구의 품에 안겨 있는 것인
지 확인할 수 있었다.

먼지가 걷히며 드러난 얼굴이 정말 예상 밖의 모습
인 탓에, 그녀는 놀란 토끼 눈을 하고 그와 눈을 마주
친 채 굳어버렸다.

하지만… 굳어버렸다고 생각한 그녀의 눈동자는 그
녀의 생각과는 달리 기민하게 움직여 현우의 시선을
피하기 시작했다.

그것은 부끄러움을 느낀 소녀의 본능이었다.

얼굴이 달아오르는 느낌에, 그녀의 눈을 따라 더욱
가까워진 현우의 얼굴과 눈동자의 모습에 그녀는 필

사적으로 두 눈을 굴렸다.

중간에 현우가 뭐라고 중얼거리는 것 같았지만 그녀의 귀엔 전혀 들리는바가 없었다.

그렇게 한참을 현우의 시선을 피하던 그녀는 지금 자신의 얼굴이 현우와 가까울 뿐 아니라, 아예 현우의 가슴팍에 안겨 있는 상태라는 것을 떠올릴 수 있었다.

있는 힘껏 현우를 밀쳐내고 자리에서 일어난다는 생각으로 일어난 그녀였지만, 어째선지 실제로 현우의 가슴을 밀어내며 일어나는 그녀의 모습은 그녀가 생각한 바와는 다르게 조신한 모습이었다.

민망함에 눈을 마주치지 못하던 것도 잠시. 시선을 돌리던 그녀는 지금 자신이 서있는 곳까지 길게 이어진, 현우의 엉덩이를 종착점으로 삼고 있는 기다란 선을 볼 수 있었다.

그리고 그제야 퍼뜩, 정신이 들어 현우에게 말을 걸었다.

"괘, 괜찮으세요?"

"……조금 아프긴 하다만 그다지 걱정할 정도는 아니다. 통증만 좀 가라앉으면 일어날 수 있을 거다."

꽤나 퉁명스럽게 느껴지는 현우의 말투에 아쉬움을

언령의 주인

느끼며 그녀의 입에선 '하지만…….' 이라는 말이 절로 흘러나왔다.

그러나… 더 이상 현우가 입을 여는 일은 없었다.

결국 떨어지지 않는 시선을 돌려 주변을 살피던 그녀는, 어느새 그녀 곁에 와있는 김택용을 보면서 말했다.

"전화 좀 빌려주시겠어요?"

"……예? 아, 예."

어쩐지 멍한 표정을 짓고 있던 김택용이 핸드폰을 꺼내 그녀에게 건네기까지는 꽤 오랜 시간이 걸렸다. 그래도 그녀는 급한 마음과 불안감을 억누르며 차분히 기다려 핸드폰을 받아, 그녀가 아는 한 가장 믿을 만한 곳에 전화를 걸었다.

"아, 아빠?"

그 한마디로 시작한 전화는 그녀의 서러움을 쏟아내는 창구가 되어, 정리가 안 된 두서없는 말들이 마구잡이로 쏟아져 나왔다.

하나, 그런 와중에도 반드시 해야 할 일이 있음을 잊지 않은 그녀는 마지막으로 한마디를 덧붙였다.

"아, 맞다. 나 도와주다가 사람도 다쳤어. 빨리 차

좀 보내줘."

"#@$%@&"

그녀의 마지막 말에 전화 너머로 무언가 알 수 없는 외침이 들려왔지만, 그녀는 이에 개의치 않고 전화를 뚝 끊어버렸다.

그리고.

"잠시만요, 선배님! 잠깐만 기다려주세요. 지금 저희 집에 전화해서 앰뷸런스를 보내게 했으니까……."

그녀가 나름의 최선의 선택을 하는 동안, 어느새 찾아온 이성희가 현우를 부축하여 움직이고 있었다. 하지만 어디가 어떻게 다쳤는지 모르는 이상, 정말 응급상황이 아니라면 금방 도착하게 될 구급차가 올 때까지 기다리는 게 현명한 방법이었다. 그녀는 현우의 앞을 막아섰다.

"야! 너는……!"

움찔!

그녀는 갑작스러운 이성희의 화난 목소리에 움찔, 목을 움츠렸다.

이성희가 왜 갑자기 이렇게 화를 내는지 그녀는 알 수 없었다. 자신 때문에 체육대회가 엉망이 된 것 때문일까, 아니면 그녀를 구하다 현우가 다쳤기 때문일까.

의심 가는 게 너무 많아서 차마 그녀는 이성희의 분노에 대꾸할 수 없었다.

분명 억울한 게 있지만… 어째선지 목소리가 나오질 않았다.

대신에 울음이 나왔다.

그들 앞에서 울고 싶지 않다는 생각에 이를 악물고 참아냈다. 그렇지만 이성희의 분노를 막아선 현우가 주변에 모인 인파를 넓게 가르며 비틀비틀 걸어가는 뒷모습에, 그녀는 더 이상 복받쳐 오르는 울음을 막을 수가 없었다.

훌쩍.

산발하고 지저분해졌음에도 여전히 아름답던 그녀의 얼굴 위로 눈물과 콧물이 쏟아져 내렸다.

남들에게 보여주고 싶지 않단 생각에 슥슥 팔뚝으로 문질러 닦고 싶었지만, 그랬다간 현우가 멀어져 가는 뒷모습을 영영 볼 수 없게 될까 싶어 그대로 눈물을 흘리고 서 있었다.

그런 그녀의 모습에 많은 이들이 온갖 걱정을 하며

호들갑을 떨었지만, 그녀는 대답 없이 눈물을 흘릴 뿐
이었다.

그렇게… 그녀를 걱정한답시고 모여든 인파로 그녀
의 시야가 완전히 가려졌을 때.

그녀는 으앙, 하고 서럽게 울어버리고야 말았다.

*   *   *

김예린은 자신의 눈이 이상하다고 생각했다.

현우가 몇 미터나 되는 장애물 난간에 올라 그곳에
서 뛰어내려 서보람을 구하는 일련의 과정은 평범한
사람이라면 도저히 해낼 수 없는 일이었다. 때문에 그
녀는 당연히 그게 마법의 힘일 것이라 생각했다.

하지만… 그녀의 그 특별한 눈으로 본 현우의 모습
에는 아무런 변화가 보이지 않았다.

처음 현우가 장애물의 난간으로 뛰어오를 때, 아주
잠깐 현우를 감싼 파란빛이 조금 짙어진 것 같은 기분
이 들었다.

그러나 그게 다였다.

마법이 발동했다면 보였어야 할, 마나로 구성된 무

언가가 그녀의 눈에는 전혀 보이지 않았다.

그리고 이런 현상은 현우가 공중에서 서보람을 안고 있던 때도 마찬가지였다.

현우의 몸 주변으로 녹색 빛이 번쩍거리는 건 분명 확인을 했지만… 어째선지 현우의 몸엔 아무런 변화가 없었다.

그저 약간, 원래부터 파랗던 몸이 조금 더 진한 빛을 띠는 것 같은, 그런 느낌이 들었을 뿐이었다.

분명 마법이 사용된 것은 맞는데, 정작 마법의 모습은 전혀 확인할 수 없다니, 그야말로 귀신이 곡할 노릇이었다.

'설마 마법을 사용한 게 이번에도 김현우가 아닌 걸까?'

하지만 어쨌거나 마법이 걸린 대상은 현우가 아니던가? 그렇다면 현우의 몸 주변으로 무언가 다른 변화가 있어야만 했다.

그리고 물론 이것은 그녀의 착각이기도 했다.

김예린은 자신의 눈을 너무 맹신하고 있는 나머지, 마법이라면 모두 눈으로 확인 가능하다는 생각을 갖고 있었다.

물론, 그런 그녀의 생각이 완전히 틀리지는 않았다. 마법이 마나로 구성되어 있는 이상 그녀는 모든 마법을 눈으로 확인하는 게 가능했다.

하지만 마법에 대한 깊은 조예가 없는 그녀가 마법을 구분하는 방법은 단순히 그녀의 눈에 보이는 하늘색의 마나가 어떤 모양으로 조합이 되는가 안 되는가에만 집중되어 있는 게 문제였다.

조금 전 현우가 서보람을 구하며 사용한 마법들은 모두 보조 마법으로, 사람의 신체에 직접 적용되는 마법이었다.

이렇게 신체에 직접 적용되는 마법의 경우에는 사용된 마나는 몸에 스며들기 때문에, 본래 몸에 묻어 있는 마나와 잘 구분이 가지 않게 마련이었다.

그렇기 때문에 만약 어떤 특정 부위를 강화하는 보조마법이 발동되었다면 해당 신체부위만 다른 곳보다 높은 마나 밀도를 보이게 되는 식으로 구분할 수 있었다.

그런데 현우는 평소에도 온몸이 새파랗게 보일 만큼 다른 사람에 비해 압도적인 마나 밀도를 가지고 있었다. 그러니 그런 현우의 몸에 보조마법이 걸린다고 한들, 마법 자체를 꿰뚫어 보는 게 아니고 마법의 형태만을 볼 수 있는 김예린이 이를 구분하는 건 불가능에 가까웠다.

'혹시 김현우가 아니라, 저 여자애가 마법사 아닐까?'

김예린은 팔뚝으로 눈물을 훔쳐내느라 여념이 없는 서보람을 보며 진지하게 그런 생각을 했다.

그도 그럴 것이 조금 전 현우와 같이 떨어질 때, 녹색 빛이 번쩍일 때마다 그녀의 몸이 조금씩 짙은 하늘색으로 변해가는 것을 확인한 그녀였다.

즉, 그녀의 몸에 누군가의 마법이 걸렸다는 말.

물론, 현우가 그녀에게 마법을 걸어주었다는 생각을 할 수도 있었다. 하나, 김예린의 눈에 비친 현우의 모습은 오히려 그런 마법의 효과를 전혀 못 받는 것 같았던 것에 비해, 서보람은 어떻게 된 것인지 몰라도 분명 마법의 효과를 받고 있었다.

게다가 증거는 이뿐만이 아니었다.

지금 김예린이 의심하고 있는 현우의 정체는 단숨에 사람 둘을 태워죽이던 정체불명의 강력한 마법사였다. 그런 마법사가 떨어지는 여자애를 구하다가 엉덩이를 다쳐서 절뚝거리며 걸어간다? 최소한 직접 그 마법사를 보았던 김예린의 입장에선 상상할 수도 없는 일이었다.

그 마법사의 실력이 정확히 어느 정도나 되는지 알 수 없는 김예린이었지만, 막연하게나마 높은 수준의 마법사라는 것을 짐작하고 있는 그녀였다. 그렇기에 그 마법사의 뛰어난 마법 실력이라면, 본인이 뛰어들기는커녕 무언가 알 수 없는 마법으로 간단하게 서보람을 구해냈을 것이라 믿어 의심치 않았다.

'그렇다면 김현우는 마법사가 아닌 건가?'

사실 이전부터 잠정적으로나마 결론을 내려둔 김예린이었다. 그녀가 실제로 본 마법사는 김택용뿐이긴 했지만, 마나가 모여 있는 형태가 농담으로라도 비슷하다 말할 수 없는 수준이었다. 그리고 무엇보다 이 경주 내내 마법이 몇 번 펼쳐졌지만, 그게 현우에게서 비롯된 것이라는 증거가 단 하나도 없었다.

그뿐이 아니었다.

'사람 둘을 단숨에 태워 죽였던 사람이… 여자애 하나를 구하기 위해 저런 높은 곳에서 몸을 던질 수 있을까?'

단 한 번, 직접 마주 본 것도 아니라 그저 뒷모습을 본 것뿐이지만, 김예린의 머릿속에 자리 잡은 그 마법사의 모습은 이미 악마나 다름없는 모습이었다. 그녀의 상상 속에서 몸집을 키운 그 마법사는 인간의 목숨을 파리와 동격에 놓는 무자비한 자로, 그녀의 생각대로라면 그 마법사는 사람을 구하기 위해 마법을 사용하는 일이 있어선 안 되는 인물이었다.

  '그럼 역시 김현우 주변에 있는 마나는… 그냥 체질인 걸까?'

  스스로에게 되묻긴 했지만 앞서 말했다시피 사실상 이전부터 그렇게 잠정적 결론을 내리고 있던 참이었다. 그러나 그녀는 몇 번이고 자신의 결정을 후회하진 않는지, 다시금 질문을 해댔다.

  그만큼이나 당시 봤던 마법사의 모습이 현우와 흡사한 탓이었고, 그만큼 그때 마법사의 모습이 전율스러웠던 탓이었다. 그녀는 지금 생사가 걸린 문제의 답을 내리는 중인지도 몰랐다.

  '그래… 역시 아니겠지.'

  그녀는 자신의 옆방에 그런 무시무시한 마법사를 두고 살아가고 싶지 않았다.

그런 그녀의 생각은 그녀의 결론에 영향을 미쳤다. 더 이상 이런 떠올리기조차 싫은 것에 대해 고민을 계속하고 싶지 않다는 생각이, 그녀의 머리 한구석에 자꾸만 피어오르는 의심을 강제로 찍어 눌렀다.

그녀의 의심은 머릿속 한 켠, 아주 구석진 곳에 쥐 죽은 듯 박혀 있을 수밖에 없었다.

창백하던 김예린의 얼굴이 한결 편해졌다.

*   *   *

어영부영 끝나버린 체육대회를 마치고 집으로 돌아가는 이성희는, 집으로 돌아가는 내내 서보람을 씹어대고 있었다.

'어쩜 그 애는 자기밖에 모를까?'

자기를 구하려다 다친 사람을 두고 전화를 하는 태도는 물론이요, 양호실로 가려는 현우를 가로막고 앰뷸런스를 불렀다고 생색을 내는 것까지…. 마음에 드는 게 하나도 없었다.

그런 서보람의 행동을 보고 그녀가 화를 내자 불쌍

한 척, 미안한 척하며 눈물이 그렁그렁한 눈으로 쳐다보던 모습은 정말 밉살스럽기 그지없었다.

이미 지나간 일인 데다 몇 시간이나 지나 당사자인 현우조차 같이 없었지만, 그녀는 혼자서 계속 분통을 터뜨렸다.

"어휴! 밉살맞은 계집애! 자기는 그렇게 온갖 걱정 다 받아놓고……!"

티끌만 한 상처조차 없는 그녀에게 쏟아지던 걱정 어린 말들과 시선들의 절반만… 아니, 그 반의반만 현우에게 돌아갔어도 그녀는 이렇게 화가 나지 않았을 것이다.

또한 현우를 걱정하던 서보람의 태도가 처음부터 쭉 계속된 것이었다면 그녀에게 윽박지르려고 하지도 않았을 것이다.

'그 애가 현우한테 조금만 관심을 두고 있었어도, 많이들 걱정해줬을 텐데.'

아마도 그녀에게 잘 보이고자, 당장에 현우를 업고라도 병원으로 달려갔을 이들이 수두룩했다.

그러나 그곳에 모인 이들 중 현우에게 관심을 주는 사람은 단 한 명도 없었다. 그저 신기한 현상과 기적

을 일으킨 장본인을 동물원의 원숭이를 보듯 구경만
했을 뿐.

아마도 내일 학교에 가면 현우에 대한 이야기로 떠
들썩할 터였다.

그의 몸에서 퍼져 나온 녹색 광채와 그렇게 높은 곳
에서 떨어졌음에도 거의 다치지 않은 몸. 그리고 보통
사람은 감히 도전조차 하기 힘든 일을 해낸 용기. 그
런 것들을 당사자가 없는 자리에서 떠들어댈 것이 분
명했다.

그리고 바로 그 점이 이성희는 너무나 억울했다.

그들의 한낱 가십거리로 끝나기에는, 객관적으로나
주관적으로나, 현우가 해낸 일은 너무도 놀라운 일이
었다.

그런 대단한 일을 한 사람은 많은 사람들이 칭찬을
해줘야 한다고 생각하는 그녀였다.

그래야만 칭찬을 들은 사람이 더욱더 힘을 내서 그
와 같은 일을 더 할 수 있고, 그런 칭찬 받는 모습을
보고 다른 사람들도 그의 행동을 더 따라 할 수 있게
되는 것이었다.

그런데 그렇게 칭찬 받을 일을 한 사람은 인식 때문

에, 외모 때문에, 인기가 없어서 아픈 몸을 이끌고 스스로 양호실에 가야 했다. 반면, 그에게 도움을 받은 소녀는 아무 곳도 다치지 않고도 수많은 위로를 들었다. 이런 것이 너무나 불합리하다고 생각하는 그녀였다.

"물론 예전을 생각하면… 이해 못하는 것은 아니지만."

이제는 그야말로 예전 일이 되어버렸다. 하지만 옛날의 현우의 모습은 지금과는 비교도 안 될 만큼 싸가지도 없고, 개념도 없으며, 이기적인, 그야말로 사회성이 결여된 정신병자의 표본 그 자체였다.

그가 하는 말 중에 완전히 틀린 말이 있는 것은 아니었지만, 반론을 제시하기에 충분한 문제성 발언들이 대부분이었다. 또한 그 내용은 기본적으로 주변의 상황이나 시선을 고려하지 않고 튀어나왔기에, 많은 사람의 공분을 샀었다. 게다가 고집은 얼마나 강한지 아무리 말로 설득하려해도 절대로 생각을 굽히지 않았다.

그런 속 터지는 인간이 바로 현우였기에, 사실 학기 초 현우가 처음으로 일진들에게 맞기 시작했을 때는

쌤통이라는 생각이 들던 때도 있었다.

물론 갈수록 심해지는 폭력에 그런 감정은 모두 연민으로 변했다. 그러나 당시 현우를 괴롭히는 게 일진들의 일종의 놀이 문화 같은 걸로 정착되면서, 연민을 대놓고 표현할 수 있는 사람은 아무도 없었던 것이다.

어쨌거나 현우는 어느 순간을 기점으로 다른 사람이 된 것처럼 달라졌고, 지금은 그저 정의감이 투철한, 조금 남들과 어울림이 부족한 남자아이 정도였다.

그런 그의 변화를 가장 먼저 발견한 이성희였기에, 사람들이 아직도 현우를 옛날 모습으로 기억하며 꺼리는 모습을 보면 마음이 아팠다.

"휴우. 그래, 그래도 이렇게 계속 이미지 개선을 하다 보면 괜찮아지겠지."

특히나 저번 일과 달리 이번에는 모두가 보는 앞에서 사람을 구한 만큼, 그녀가 과장해서 퍼뜨린 소문보다 훨씬 파급력이 클 것이라 믿어 의심치 않았다.

"그런데… 그 빛은 뭐였을까?"

현우가 떨어질 때 나타났다는 신비로운 녹색의 빛.

당시엔 난생처음 마법이라는 거에 걸려 우왕좌왕하느라 직접 보지는 못한 그녀였지만, 많은 사람들이 그렇게 말을 하는 데야 그들이 잘못 본 것은 아닌 것 같았다.

'설마… 아니겠지?'

문득 그녀의 머릿속으로 지나가는 형상은 이젠 기억 저편에 숨겨두고 더 이상 꺼내고 있지 않던, 현우와 꼭 닮은 모습을 한 마법사의 모습이었다.

'에이, 설마~.'

지금 현우의 모습 어디에서 그 마법사의 모습을 찾을 수 있다는 말인가. 그날 보았던 모습이 현우와 닮은 것은 그저 우연이었을 뿐이라고 생각하는 이성희였다.

그때였다.

흠칫!

그녀가 집으로 돌아가기 위해서 반드시 지나야 하는 슈퍼 앞 골목, 저물어가는 석양에 그림자를 길게 늘어뜨린 남자가 그녀와 마주보는 방향에서 걸어오고 있는 게 보였다.

저벅, 저벅.

남자는 꽤 멀리 있어 정확히 그 용모를 알 순 없었지만, 상당히 큰 키로, 굳이 비교하자면 현우와 꽤나 비슷한 키였다.

"……."

파르르-.

알 수 없는 불안감에 그녀의 어깨가 애처롭게 떨렸다.

그리고 그때.

그녀의 뒤편, 어깨 위로 두터운 손 하나가 불쑥 솟구쳐 올랐다.

덥석!

"꺄아아아악!"

"뭐, 뭐야? 왜 그렇게 놀라?"

"오, 오빠?"

"뭐야? 뭔 일 있냐?"

동생의 격한 반응에 혹시나 무언가 나쁜 일을 당한 것은 아닐까, 오빠의 걱정 어린 물음이 이어졌다.

"……일은 무슨 일. 딴생각하고 있는데 갑자기 뒤에서 튀어 나오니까 그런 거지."

그렇게 대답하면서 힐끗, 조금 전 그녀와 마주 걸

어오던 사람을 봤다. 그냥 지나가던 사람이었던 듯, 오히려 놀란 눈으로 그녀를 쳐다보고 있는 게 느껴졌다.

"진짜?"

"그래 진짜."

"흐응……."

어쩐지 의심스럽다는 듯 턱을 쓰다듬는 자신의 오빠를 보며, 이성희는 미간을 모으고 물었다.

"뭐야, 오빠야말로 뭐가 문제야?"

"아니, 뭐…. 그보다 딴생각은 뭘 한 거야?"

"흥! 그런 거 오빠가 신경 쓸 일 아니잖아."

"야, 오빠도 동생에 대해 뭘 좀 알아야지. 혹시 남자 친구 생각했어?"

"나 남자친구 없거든!"

도끼눈을 뜨고 대답하는 이성희의 모습에 익살스러운 표정으로 크게 한 걸음 물러난 그녀의 오빠는, 턱을 문지르는가 싶더니 심각하게 물었다.

"남자 친구가 아니라면… 그럼 그냥 남자 생각인가?"

"오빠!"

그녀의 오빠가 그랬듯, 버릇처럼 미간을 모으고 그녀의 오빠를 큰소리로 부르는 이성희의 모습에 턱을 문지르는 그의 손이 빨라졌다.

"아니, 그렇다면 의외로 남자 생각? 그것도 아니면 남자 생각을 한 걸 수도 있고… 그것도 아니라면 의표를 찌르고 남자인 건가?"

"오빠아앗!"

부웅—.

"어이쿠! 그래도 동생아, 오빠는 다 이해한단다! 너도 이젠 다 컸으니…… 억!"

퍽!

털썩!

결국 그녀가 휘두르는 가방에 한 대 얻어맞고야 만 그녀의 오빠가 뒤로 넘어가는 것을 보며 이성희는 크게 코웃음 치고 곧장 집으로 향했다.

"흥!"

"도, 동생아! 같이 가야지……!"

"흥흥!"

잔뜩 콧대를 세우고 몇 번이고 콧방귀를 뀌며 걸어가는 여동생. 그리고 그 뒤를 애처롭게 따라가는 오빠의 모습은 화목한 가족 드라마의 한 장면 그 자체였다.

그리고 누군가가 꿈꾸는 이상적인 가족의 모습이기도 했다.

5.
그 남자들의 사정

체육대회 사건이 있은 지 며칠 후.

의외로 학교는 조용했다. 현우를 보는 눈빛이 조금 더 강렬해지긴 했지만, 그 이전에도 그 정도는 꾸준히 계속되어 왔던 일이었다. 또한 간간이 자기들끼리 속삭이며 마법사라는 말을 하긴 했지만, 현우가 보는 앞에서 그러는 경우는 없었다.

그에 비해 떠들썩해진 곳은 인터넷이었다.

축제 당시 찍힌 영상과 사진들이 인터넷에 급속도로 퍼져나가면서 현우의 모습이 CG라는 둥, 세트장이 가짜라는 둥, 혹은 무슨 영화의 예고편이라는 둥의 온갖 추측과 루머가 쏟아져 나왔다.

하지만 그런 와중에도 목격자가 많았던 만큼, 그리고 현우가 좋은 쪽으로든 나쁜 쪽으로든 꽤 알려진 만큼, 진실을 전파하는 사람들이 꽤 있었다.

　– 쟤 김현운데?
　– 그게 누군데?
　– 있음ㅋㅋ 우리 동네 유명한 찐따
　– ㅋㅋㅋ 저게 찐따면 니네 동네 일진은 뭐 하는 초능력자냐?
　– 아나, 진짜라니까?

이런 식으로 현우를 알아보고 시답잖은 농담에서 시작해 설명을 해나가는 댓글들, 아예 처음부터 현우의 이름이며 나이 같은 세세한 내용을 몽땅 내걸고 당시의 상황을 처음부터 끝까지 설명하는 사람까지. 당시 있었던 일과 현우에 대한 신상정보가 다양한 방식으로 끝도 없이 퍼져 나가는 중이었다.

처음에 현우는 이런 현상을 막기 위해 자신의 개인정보가 담긴 내용을 신고해 꾸준히 삭제를 해댔지만,

현우가 처리할 수 있던 것은 그야말로 조족지혈에 불과했다.

'이젠 정말 돌아가기 힘들지도 모르겠군.'

예전에도 언급한 바 있듯, 남겨진 기억이나 흔적이 많으면 많을수록 영혼은 그 세계에 종속되게 마련이었다.

그 이전까지의 현우는 이 세상에 대한 미련도 없을뿐만 아니라, 그를 기억하는 사람은 꽤 많더라도 그의 영혼을 땅에 종속시킬 만큼 특별한 기억은 없었다. 즉, 차원이동에 최적화된 상태였다.

하지만, 본인의 의지와는 상관없이 급속도로 퍼져나가는 현우의 유명세는 많은 이들에게 그의 모습을 각인시켰고, 이는 굳이 확인해보지 않아도 6클래스급의 마나로 이 차원을 넘는 게 실패했음을 알려주고 있었다. 시간이 지나면 기억하는 사람이 줄어들겠지만, 이렇게 퍼진 이상에야 그 기간이 얼마가 걸릴지 알 수 없어진 것이다.

'최소한 우리나라 전체에 적용할 수 있는 거대한 기억소거 마법을 펼치려면… 7클래스 수준의 마나 지배력이 필요하겠어. 물론 수천만 명에게 동시에 마법

을 펼치는 행위니 실패 확률이 크겠지만…….'

그래도 실패가 거의 확정된 상황에서 6클래스를 고집하는 것보단 현실적인 이야기였다.

'그나마 다행인 건 마나 지배량의 상승치가 높아졌다는 점인가?'

현우는 체육대회 날을 기점으로 가파르게 상승 곡선을 그리기 시작한 마나 지배력 총량을 떠올렸다.

하루에도 쑥쑥 마나를 늘려가는 현우를 마법사들이 본다면 아마 대부분 거품을 물고 뒤로 넘어갈 터였다.

마나를 쌓는다는 것은 사람들이 생각하는 것 이상으로 고되고 힘든 일이었다.

한자리에 가만히 앉아서 자신을 관조하며 몇 시간씩 명상을 하는 것은 어지간한 집중력이 없으면 불가능한 일이었다. 하지만 마법사들은 모두 이 명상에 목을 맬 수밖에 없었는데, 그도 그럴 것이 드래곤 하트 같은 특별한 귀물이 아닌 다음에야 마법사가 자신의 마나 총량을 늘이는 방법은 오직 명상뿐인 탓이었다.

그러니 가만히 있어도 마나가 쌓이는 사람이 있다면 보통 마법사들은 거품을 물고 넘어가는 것 외엔 선택지가 없을 수밖에 없었다.

하지만, 현우는 이런 변화에 담담했다.

이곳에 넘어온 이래 계속되어 온 현상인 탓도 있지만, 갑자기 성장률이 대폭 상승한 이유를 분명하게 알고 있었기 때문이었다.

'이름값 때문에 이런 현상이 일어나는 걸 테지.'

언령 마법이란 그 특별함만큼이나 여러 가지 특이한 규칙들을 지니고 있었다.

그리고 그중 가장 대표적인 것이 바로, 마법을 사용하는 자의 말의 무게에 관한 규칙이었다.

보통의 사람들은 그들끼리 같은 사람이라 생각을 하고 대화를 하게 마련이었다. 하지만 그들이 아무리 인종이 같고 피부색이 같고, 생김새가 비슷해도 각자가 가지는 말의 무게는 다른 법이었다.

조금 극단적이나마 예를 들자면, 길거리 노숙자가 평화를 외치는 것과 거대한 국가의 수장이 평화를 외치는 것은 같은 말이라도 거기에 담긴 가치는 완전히 다르다는 것이다.

노숙자가 아무리 평화를 외치고 박애주의를 표방하며 사람들을 돕고 다닌다고 한들, 그것은 개인적인 일들에 불과할 것이다. 하지만 한 나라의 수장이 국가 정책으로 평화를 지원하면, 그건 곧 나라 전체의 일이며 세계적인 일이 되는 법이었다.

'지금의 내가 예전의 파이어볼을 사용한다면 며칠 전에 비해 거진 1.5배 수준의 위력은 나오겠군.'

보통의 3클래스 파이어볼만 해도 대표적인 전투마법답게 작은 집 한 채 정도는 우습게 날려버리는 위력이었는데, 그것의 1.5배라면 사실상 그 파이어볼은 3클래스 마법이라고 보기 힘들 정도일 것이다.

'어쨌거나 앉아서 이런 힘을 얻게 된 것까진 좋지만… 7클래스로 목표가 상향 조정된 건 좀 곤란하군.'

이전에 6클래스가 목표이던 시절엔 6클래스에 오르기까지 약 반년가량을 예상하고 있었다.

하지만 7클래스가 목표가 된 지금, 현우는 최소로 잡아도 1년의 시간이 필요했다.

분명 마나 지배력이 돌아오는 속도가 기존에 비해 엄청나게 늘어나긴 했지만, 그런 속도로도 7클래스급 마나 지배력은 한참이나 먼 이야기였다.

'그마나 어제를 기점으로 완전히 5클래스 급 마나

지배력이 생겼으니 방에 마나 집약 마법진을 활성화시켜 둔다면 조금은 더 단축시킬 수 있을지도 모르겠군.'

조금이라도 희망을 가져볼 생각에 5클래스에 이르면서 성장에 도움이 될 만한 마법 몇 가지를 사용할 수 있게 되었다는 점을 떠올려봤다. 그래도 코앞에 있던 목표가 훌쩍 멀어진 지금은 그다지 기분이 나아지지 않았다.

게다가 7클래스에 이른다고 해도 사실상 성공 확률에 대해서는 현우로서도 장담할 수가 없었으니, 더욱 힘이 빠질 수밖에 없었다.

그렇게 현우가 턱을 자신의 방에서 턱을 괴고 앞으로에 대해 이런저런 고민을 늘어놓고 있을 때 누군가 현관문을 두드리는 소리가 났다.

"이런 시간에 누가……."

현우가 문을 두드리는 누군가를 이해할 수 없다는 듯 미간을 좁혔다.

자랑이라곤 할 수 없지만, 현우가 이곳에 여태까지 살면서 집에 방문객이 온 경우는 손에 꼽을 만큼 적었다. 실제로 집으로 찾아올 현우의 친인척도 없거니와 김예린이나 그의 새엄마는 현우가 있는 집에 지인을 절대로 부르지 않았기 때문이었다.

또한 어렸을 적 일이긴 하지만, 예전에 현우가 집에 찾아온 외판원들과 그들의 물건을 가지고 한참을 씨름한 일이 있었다. 외판원은 자신이 가져온 물건의 장점을 나열하며 그게 왜 좋은 물건인지 설명하고자 했고, 현우는 그 제품의 재질은 물론 손잡이의 결 모양까지 따져가며 말싸움을 한 끝에 외판원으로부터 물건의 품질이 나쁘다는 대답을 하게 만들었던 경험이 있었다.

그런 탓인지 간간이 찾아오던 외판원들도 현우네 집만은 거르게 되었고, 지금에 와서는 집으로 누가 찾아오는 게 정말 손에 꼽는 일이 되고야 말았던 것이다.

'택배라도 온 건가?'

택배가 오기엔 조금 늦은 시간인 것 같긴 했지만 간혹 물건이 밀려 늦게 오는 경우가 더러 있었다.

하지만 그런 생각은 방을 나온 현우가 현관 너머의 인기척을 읽어 들인 순간 사라졌다.

'한 명이 아니군.'

택배기사였다면 저렇게 많은 사람이 있을 필요도 없거니와, 혹여 전원이 택배기사라도 그들이 전부 이 시간대에 찾아올 이유가 없었다.

어쨌거나 문을 두드렸으니 최소한 무슨 일로 왔는지 들어는 보는 게 인지상정이란 생각에, 현우는 문은 열지 않고 현관 앞에 서서 목소리를 높였다.

"무슨 일로 오셨습니까?"

"아, 네. 저는 지역 신문사에서 나왔는데요…….."

"아, 저희 집은 신문 안 봅니다."

신문사에서 왔다는 말에 당연히 신문을 팔러 온 거라 생각한 현우는 곧장 그렇게 대답했다. 여럿이 찾아와 신문을 팔아야 할 만큼 절박한 지역 신문사가 어디인지 떠올리며 다시 방으로 향했다.

하지만 이내 이어지는 말에 잠시 몸을 멈춰 서지 않을 수 없었다.

"아뇨! 신문 구독 안내가 아니라 인터뷰 때문에 왔습니다. 혹시 여기가 김현우 학생의 집이 맞나요? 가족분이셔도 괜찮습니다. 이번에 학교에서 있었던 일에 대해 간단하게 몇 가지 질문만 하고 돌아갈게요."

"……돌아가세요, 인터뷰는 받지 않겠습니다."

"아뇨, 잠시만요! 학생! 김현우 학생이죠? 잠시만. 5분이면 됩니다."

현우가 인터뷰에 응하지 않겠다고 대답을 하자, 이를 통해 문 너머에 있는 게 현우 본인임을 알아낸 기자가 애처롭게 외쳤다.

그러자 같이 온 걸로 보이는 다른 남자가 현우네 집 문에 대고 외쳤다.

"저희는 지역신문이 아니라 메이저 신문삽니다! 5분… 아니 3분! 아니, 질문 한 개만 대답해주세요! 이번에 대단한 일을 하셨는데……!"

"이봐요! 메이저 신문사 기자면 답니까? 거, 순서 좀 지킵시다!"

"순서? 그런 거 따지고 있으니까 아직 그런 데 다니고 있지! 그래서 어디 특종 잡겠어?"

"뭐, 뭐야?"

우당탕탕!

순식간에 소란에 휩싸인 문 밖의 기척을 느끼며 한숨을 내쉰 현우가 드물게 전화기를 들어 어디론가 전화를 걸었다.

"예, 경찰서죠? 수고가 많으십니다. 지금 저희 집

앞에……."

위용위용~ 위용위용~.

"고생하셨습니다."

"아뇨. 이런 일 있으면 또 불러주세요."

경찰차가 출동하고서야 소란이 진정된 걸 확인한 현우가 고생한 경찰관들에게 인사를 하던 중이었다.

번쩍-!

찰칵!

다다다닥!

순간 현우의 주변이 환해지는가 싶더니 카메라 셔터 소리가 울려 퍼지고, 곧 계단을 통해 누군가 뛰어 내려가는 소리가 들렸다.

그 모습을 보고 순간 어처구니 없어하던 경찰관이 계단을 따라 내려갔고, 현우는 멀어지는 둘의 기척을 느끼며 이내 현관문을 닫았다.

"언제쯤 잠잠해질는지……."

사실 이런 일이 오늘 처음 있을 일은 아니었다.

현우의 용모파기와 사는 곳 등이 알려진 이후, 호기심을 이기지 못한 네티즌들이 현우를 찾아오기 시작했다. 다행히 자세한 주소까지는 알려지지 않은 탓에 집에 찾아오진 않았지만, 길거리에서 현우를 알아보고 쫓아오는 사람들이 더러 있었다.

처음엔 그들의 행동이 불쾌했으나, 이미 돌이킬 수 없는 수준까지 일이 벌어진 상황이었다. 게다가 그들을 일일이 잡아 제지하기엔 그들의 수가 너무 많았다.

'그나저나 신문사 기자가 여기까지 찾아왔다면 곧 집까지 찾아오는 사람들이 있을지도 모르겠군.'

그나마 길거리에서 마주쳐 자기들끼리 몰래 사진을 찍고 가는 정도야, 딱히 막을 방법도 없어서 관심을 끊었던 현우였다. 그러나 그들이 집까지 찾아온다면 현우는 별로 참고 싶은 생각이 없었다.

'이 나라는 마법을 공식 인정한 주제에 마법사의 규모가 너무 작은 것 같단 말이지.'

마법이라는 게 분명 보통사람이 보기에 신기한 것은 맞지만, 과연 마법사 하나가 이만한 관심을 받아야 하는가에 대해서는 의문이 있을 수밖에 없었다.

'뭐… 사실 마법 자체가 눈에 띄어서 찾아온다기보다는 당시 서보람을 구하는 장면 그 자체가 이슈가 되고, 나랑 서보람의 특이한 외모가 시너지를 일으킨 탓

일 테지만…….'

사실 체육대회의 동영상과 사진이 처음 퍼졌을 때 가장 주목을 받았던 건 마법의 빛에 휩싸여 서보람을 구해내는 현우가 아니라 그에게 구해진 서보람의 외모였다.

하지만 잘나가는 집안의 아가씨답게 어떤 압력이 있었던 것인지 어느 순간 인터넷에서 서보람의 언급은 줄어들고, 현우의 특이한 외모와 마법이 대두되어 가는 중이었다.

'앞으로 찾아오는 녀석들을 어떻게 하면 좋으려나…….'

이제 곧 집주소가 알음알음 퍼져나가게 될 것을 생각하면, 조금 전 사진을 찍고 도망간 녀석들이 매일같이 찾아올 터였다.

그리고 그런 녀석들은 누가 뭐래도 방비를 해둘 필요가 있다고 생각하는 현우였다.

끼익-.

"응?"

'……내가 방 불을 끄고 나갔던가?'

현관으로 나오며 방문을 닫고 나왔던 현우는, 방문

을 열자 보이는 캄캄한 광경에 눈살을 찌푸렸다.

현우의 방은 햇빛이 잘 들지 않기 때문에 평소 불을 켜놓고 다녔기 때문이다.

그리고.

꿀꺽-.

"……."

'누군가 있다……!'

현우가 마른침을 삼키며 문 앞에 서서 가만히 한곳을 응시하고 있자, 갑자기 어둠 속에서 한 사람이 박수를 치며 걸어 나왔다.

짝짝짝.

"하하, 감이 상당히 좋군. 설마하니 내가 있는 걸 알아차릴 줄이야."

'저 녀석은 그때의……!'

어둠에서 완전히 몸을 드러낸 남자는 군청색의 깔끔한 양복을 빼입은 훤칠한 중년인이었는데, 현우가 예전에 한 번 본 얼굴이었다.

"하하, 김현우 군! 우리 구면이지?"

"……."

"워워, 그렇게 긴장할 필요 없어. 뭐 해코지를 할

생각으로 온 건 아니니까."

그렇게 말하며 맨손을 들어 보이는 중년 남자는 자신이 적의가 없다는 어필을 계속 했지만, 현우는 도저히 긴장을 놓을 수가 없었다.

공인 5클래스이자, 현우가 감지하기로는 7클래스급의 마법사인 그는 손에 아무것도 안 쥐고 있다고 해도 충분히 위험한 인물이었다.

아니, 설령 그에게 양손이 없다고 해도… 현우는 그를 이길 방법이 없었다.

"흐음… 정말인데 잘 믿지 않는 모양이군. 뭐, 마법사로서 의심을 한다는 것은 나쁜 일은 아니지."

그렇게 중얼거리며 자연스럽게 현우의 곁에 다가온 그는, 친한 친구를 대하듯 조금은 거칠게 현우의 어깨에 팔을 둘렀다.

현우의 어깨가 확, 움츠러들었다.

이런 경험… 낯설지가 않았다. 비록 수백 년 전의 어렴풋한 기억이지만, 현우가 김현우라는 소년이던 시절에 그의 어깨가 이렇게 끌어안기거나 움켜쥐어지는 일은 꽤 자주 있던 일이었다.

"이제 와서 따지자니 조금 모양새가 이상하긴 한

데…. 현우 군, 저번에 나를 만났을 때 거짓말을 했더군?"

"……."

"하기야… 엄밀히 따지자면 자네가 했다기보다는 옆에 있던 아가씨가 한 거긴 하지만… 자네가 부정을 하지 않았으니까. 아, 그리고 보니 자네 치킨 좋아하나?"

퍽퍽!

현우의 어깨를 두드리는 손길엔 거침이 없었다. 게다가 외견상 40줄의 중년인으로 보이지만 7클래스의 탈 인간의 경지에 이른 탓인지, 그의 힘은 어지간한 장정들보다 훨씬 센 듯했다.

'무슨 속셈으로 찾아온 거지?'

느물거리는 태도로 주저리주저리 떠드는 그의 모습은 분명 살의 같은 건 전혀 없어 보였지만, 그냥 생각나는 대로 지껄이는 듯한 그의 말에 그의 목적을 유추해낼 수도 없었다.

중년인의 거친 두드림에 한결 더 움츠러든 어깨 틈새로 목을 집어넣었다. 하지만 그럼에도 그가 이곳에 온 이유를 찾는 현우의 눈빛은 쉬이 사그라들지 않았다.

'게다가… 정말 기분 나쁜 압박감이군.'

그의 행동 하나하나가 어쩐지 누군가를 생각나게
했다.

현우의 어깨를 아무렇지 않게 두드리는 것도, 현우
의 어깨를 크게 두드리며 친한 척하는 것도. 그리고…
그의 능글맞은 시선 너머로 현우에게 무언가를 바라
는 것도…. 현우에겐, 특히나 칼롯 코즈너가 아닌 지
금의 현우에겐 기분 나쁜 기억을 떠올리도록 했다.

하지만 단순히 기분 나쁜 기억만이 떠오르는 것은
아니었다.

이율배반적이게도, 그 기분 나쁨 너머에 친숙함이
느껴지고 있었다.

현우의 능력을 전혀 안중에도 두지 않는 오만할 만
큼 여유로운 태도는 현우에게 기묘한 기시감을 선사
해줬다. 그리고 그 기시감 너머로 보이는 것은 넓은
챙이 한쪽만 구부러진 검은 모자를 쓴 한 마법사의 모
습이었다.

"하긴 요즘 애들 중에 치킨 싫어하는 애도 없지,
아마?"

그렇게 말하는 그의 손에서 포장된 치킨이 불쑥 튀

어나왔다.

그 마술 같은 치킨의 등장에 현우는 놀라워하기보다 빳빳하게 긴장할 수밖에 없었다.

'아공간… 공간 법칙을 다루는 7클래스 마스터의 고유마법……!'

여태까지 6클래스 마스터 내지는 7클래스 유저 정도의 수준으로 알고 있던 중년인이 7클래스 마스터라는 어마어마한 경지에 있는 인물임이 밝혀진 순간이었다.

"호오, 치킨이 나오니 표정이 변하는구만?"

이렇게 어두운 상황이지만, 현우의 표정을 모두 읽고 있는지 딱딱하게 굳은 현우의 얼굴 변화를 정확히 집어낸 그는 빙글빙글 웃으며 말을 이었다.

"나는 자네와 친해지고 싶어서 왔다네. 사실 나는 치킨에 맥주를 하는 걸 좋아해서, 친구하고 싶은 사람이 있으면 그렇게 사들고 집에 찾아가는데…. 자네는 미성년자이니 치킨만 사왔지. 사실 나야 어른이 주는 건 먹어도 된다는 파긴 하지만, 아무래도 '국가 공인 마법사' 아니겠나? 공무원이 그런 짓을 하는 건 좀……."

흠칫!

여태껏 7클래스 마스터의 마법사라는 것에 놀라 잊고 있었지만, 그의 언급에 바로 이 중년인이 현우가 저지른 살인 사건을 조사하던 국가 공인 마법사라는 사실이 떠올랐다.

"낄낄낄, 그렇게 긴장하지 마. 나 정말 자네 잡으러 온 거 아니야. 뭐, 그렇게까지 긴장하니 간단히 말해주지. 일단 그 건에 대한 조사는 다 끝났어. 사망자 신원도 다 확인했고… 사망자 신분이 신분이다 보니 이대로 미제 사건으로 넘어갈 예정이야."

"……?"

"왜? 궁금한가?"

살인범이 눈앞에 있는데도 잡지 않고 미제 사건으로 남기겠다는 국공 마법사의 말에 현우가 당황스러워했다. 그런 한편으로 궁금한 표정을 짓자, 어쩐지 신나는 표정을 한 그가 주저리주저리 설명을 했다.

"그때 자네한테 죽은 두 녀석들… 사실 꽤 오래전에 청부 살인으로 현상수배가 난 녀석들이었거든. 어찌나 잘 숨어 다녔는지, 몇 년간 걸리지 않던 녀석들이었는데…. 수배 중에도 그 녀석들 청부 살인을 하고 다닌 덕분에 잡히기만 하면 사형은 따 놓은 놈들이었단 말이지. 그러던 와중에 뭐가 목적이었는지 몰라도, 도둑질을 하다 자네를 만나서 즉석에서 사형집행당하고 끝났지 뭐야."

"……"

"아직 납득이 안 간다는 표정인데…. 어차피 죽을 놈들 죽인거니 나로선 중간 과정을 줄여준 자네를 굳이 잡아서 감방에 집어넣는 일 같은 건 하고 싶지 않다 이걸세. 내가 이번 건을 묻어주겠다는 거지."

"…원하는 게 뭔지 물어봐도 되겠습니까?"

그의 정확한 마법실력을 확인한 후 느껴지는 심적 부담감, 그리고 그 이상으로 정신을 혼미하게 하는 두려움에 식은땀을 줄줄 흘리던 현우였다. 그럼에도 그의 머릿속에 일말의 흔적으로 남아 있는 칼롯 코즈너의 자존심은 그에게 질문을 던졌다.

"후후, 역시 서클도 없이 3클래스 마법을 사용할 만큼 마나에 사랑받는 녀석답구만! 머리가 아주 트였어!"

'아직 내가 언령사라는 사실은 모르는 모양이군.'

사실 이곳 세상에 언령사라는 개념이 없는 만큼, 모

르는 게 당연했다. 현우는 내심 비장의 한 수가 될 수도 있는 사실이 아직 알려지지 않았다는 것에 안도했다.

"뭐, 내가 자네한테 원하는 건 아까부터 말했듯이 친해지는 거야."

"친해져서… 무엇을 시키실 건지도 듣고 싶습니다만."

"……응? 으하! 으히히힛! 으하하하하핫! 이거 정말 물건이구만? 으하하하핫!"

현우의 질문의 뭐가 그리 웃긴지 한참을 웃어 재끼던 그는, 눈가에 흐르는 눈물을 닦아내고서야 입을 열었다.

"흐흐, 내가 크게 바라는 건 없어. 그냥 혹시 내 밑에서 마법을 배워볼 생각이 있는지 묻고 싶었거든."

"……제자가 되라는 말씀이십니까?"

"뭐, 그런 셈이긴 하지. 그리고 솔직히 이건 비밀인데… 자네가 너무 탐나니 결정에 도움을 줄 수 있게 먼저 좀 밝혀두도록 하지……."

그렇게 말하면서 한참을 뜸을 들인 그는, 아마도 현우에게 방금 언급한 비밀을 털어놔도 되는지에 대해 고민을 한 듯싶었다.

"……뭐, 비밀이 왜 비밀인지는 알고 있겠지?"

"제자가 될지 안 될지는 대답 못 드리지만… 비밀에 대한 약속이라면 '이름을 걸고' 약속할 수 있습니다."

이름을 걸고 약속을 한다는 말은, 마법사에게 있어서 자신의 모든 것을 걸겠다는 말과 마찬가지의 의미였다.

마법이란 자신의 이름을 걸고 법칙을 펼쳐내는 것으로, 이름을 잃은 마법사는 더 이상 세상의 법칙을 다루지 못하는 존재가 된다. 즉, 마나를 다룰 수 없게된다는 의미였다.

마법사에게 있어서 마나란 그들의 근간으로서 생명과도 같은 것이었다. 그런 만큼 이 이름을 건다는 행위, 마나를 걸고 약속을 한다는 것의 의미는 사실상자신의 목숨을 걸겠다는 의미와 같았다.

"호오~ 정식 마법사는 아니지만 마법에 대한 지식은 꽤 갖추고 있는가 보군. 그렇다면 이야기해주지……."

사실 이름을 거는 것은 실수 한 번에 자신이 쌓아놓

은 모든 것을 잃을 수도 있는 지극히 위험한 일이었기 때문에, 정식 마법사들 사이에서도 쉽게 언급하지 않는 방법이었다.

또한 현대의 마법사들은 본인에게 실익이 들어오는 법적 효력을 가진 계약서를 선호하였기에, 이름을 거는 것은 근래에 들어 사장된 마법사들 간의 약속 방법이었다.

하지만 액면가나 마법 능력만 봐도 최소 두 세대 이전의 마법사인 그에겐 친숙한 말일 것이었다.

어쨌거나 저쪽 세상에서 비밀을 지킬 때 항상 하던 말을 했을 뿐인데 중년인으로부터 호감을 잔뜩 얻어낸 현우는 이내, 그로부터 그가 가진 비밀을 들을 수 있었다.

"사실 나는…… 국공 마법사 같은 평범한 공무원이 아닐세."

"……."

꿈뻑-.

"음… 그리고 아주 대단하고 높은 지위의 사람이기도 하지."

"……."

그로선 꽤나 중요한 비밀이었는지 뜸 들여 말한 내용이었지만, 이미 7클래스 마스터의 마법사가 평범한 공무원일 리가 없다는 것쯤은 알고 있는 현우였기에 오히려 '그게 다냐'라는 듯한 표정으로 중년인을 바라봤다.

"……자네, 놀랍지 않은가?"

"……처음부터 평범한 분은 아닐 거라고 생각했을 뿐입니다."

"흐음, 그거 칭찬 같긴 한데, 놀라질 않으니 아무래도 아쉽구만."

현우가 아무런 리액션도 취하지 않는 것에 대해 아쉬워하던 그는, 잠시 고민하는 표정을 짓는가 싶더니 이내 씨익 웃어 보이며 말을 이었다.

"그럼 이건 어떤가? 사실 나는 아주 특별한 단체에 속해있는데… 그곳의 이름은 마탑이라네."

흠칫!

"호오! 반응이 오는구만!"

마탑이라 함은 어떤 특정 학파의 마법사들이 기거하며 연구를 하는 장소를 뜻하는 것으로, 많은 사람이 모여 연구를 함으로써 연구의 효율을 높여 마법의 발전을 꾀하는 장소였다.

그리고 이런 마탑은, 칼롯 코즈너의 세상에선 흔하게 들어온 말이었지만 이곳 세상에선 처음으로 들어본 말이기도 했다.

"후후, 소설책이나 게임에만 나오던 마탑이 실존할 줄은 몰랐겠지? 사실 우리가 연구하고 있는 건 그런 것보다 더 대단하다네. 자, 어떤가? 자네가 나를 따라 마법을 배우기만 한다면, 지금 우리가 하고 있는 '세상을 바꾸는' 연구에도 참여할 수 있네. 뿐만 아니라, 겨우 인터넷에 굴러다니는 마도공학 기술이나 흔해빠진 생활 마법 따위가 아닌, 진짜 정통의 마법을 배울 수 있을 거야."

그의 제안은 정말 놀랍도록 매력적인 이야기였다. 아무것도 없이, 그저 그를 따라가기만 한다면 그가 알고 있는 정통의 마법들을 가르쳐준다고 한다. 게다가 7클래스 마스터인 그가 스스로 '대단하다'고 하는 '세상을 바꾸는 특별한 연구'에도 참여 시켜주겠다고 하니, 이는 마법사를 꿈꾸는 사람에게 있어 꿈같은 이야기였다.

하지만 말 그대로 마법사를 꿈꾸는, 마법사 지망생

이거나 마법 수준이 낮고 마법 지식에 목마른 저 클래스 마법사들의 경우에 한한 이야기였다.

사실 마법 실력만 놓고 비교를 한다면 앞에 있는 대마법사보다도 더 뛰어난 마법 실력을 지닌 게 현우였다.

또한 몇 가지 단점만큼이나 서클마법에 비해 월등히 뛰어난 특별한 장점을 가진 언령사인 현우였다.

그가 언급한 마탑에서 진행 중인 특별한 연구가 무엇인지는 현우도 궁금했지만, 그뿐이었다.

현우가 그의 제안을 수락할 이유는 없다고 보는 게 맞았다.

다만 그런 대답을 하는 데 문제가 있을 뿐……

"제가 만약… 거절한다면 어떻게 되는 겁니까?"

"으응?"

당연히 두말없이 승낙할 것을 예상했다는 듯, 현우의 의외에 질문에 잠시 당혹스러운 표정을 지은 중년인이었지만 이내 편히 입을 열었다.

"뭐, 설마 내가 자네한테 해코지하기야 하겠나? 말했다시피 나는 자네가 정말 마음에 들어. 되도록 다치는 일 없도록 하고 싶단 말이지. 다음이 언제일지 모르겠지만… 오늘은 그냥 치킨값만 받아서 돌아갈 생각이네."

장난스러운 표정으로 웃으며 말하는 중년인을 보며 현우는 조심스레, 다시 한 번 물었다.

"……이름을 걸고 약속하실 수 있겠습니까?"

"……뭐?"

허허롭고 부드럽기만 하던 그의 시선이 날카롭게 현우를 노려봤다.

인간으로서, 인간을 벗어나 진정한 절대자의 경지에 오른 자로서, 현우의 태도가 건방지다 생각하는 것인지도 몰랐다.

현우의 말에 이번에야말로 어이가 없다는 듯 현우를 바라본 그였지만, 그는 마법사답게 자신의 말을 번복하지는 않았다.

"자네가 원한다면야… 내가 약속하지."

그의 말에 언령이 깃들고, 세상의 법칙을 만드는 자인 그의 말은 스스로에게 제약을 걸었다.

나지막한 약속의 외침과 동시에 세상의 법칙과 규칙을 이루는 마나가 모여들며 그의 7개의 서클이 있는 심장으로 파고들었다.

약속의 마나가 그의 서클을 가만히 감싸 쥐었고, 가슴을 파고드는 이질적인 마나에 잠시간 찝찝한 표정을 지었다. 마나는 그에게 무조건 위해를 가할 생각은 없다는 듯 그의 서클을 감싸 안은 모습이 마치 외부의 충격으로부터 보호하는 것처럼 보이기도 했고, 그대로 힘을 줘 부숴버릴 준비를 하는 것처럼 보이기도 했다.

그리고 이런 약속의 마나를 가슴에 담은 중년인은 현우의 이어질 대답을 어느 정도 예상했다는 듯 담담히 눈을 반개하고 있었다.

꿀꺽-.

중년인이 스스로에게 제약을 거는 약속을 하는 것과, 그의 주변에 모여든 자연의 마나가 그의 가슴에 파고는 것까지 확실하게 지켜봤다.

하지만 불안했다.

세상의 법칙을 다루며, 또 한편으로 법칙을 만들며, 그리고 그런 법칙에 얽매여 살아가는 7클래스란 지고한 경지의 대마법사.

그런 마법사가 함부로 거짓을 말할 리 없다고 생각됐다. 하지만 법칙을 만들어내는 그의 힘으로 조금만

약속을 비틀면, 현우 정도는 얼마든지 손봐줄 능력이
되었다. 결국 그에게 특별한 약속을 하게 했으나, 이
는 거대한 황소의 목에 한 줌 실을 풀어 묶어놓은 것
이나 다름없었다.

그러한 사실을 누구보다 잘 아는 현우는 눈앞의 거
대한 포식자의 위엄에, 그의 반개한 눈으로 쏟아지는
심장을 옥죄어오는 무언의 압력에, 온몸이 후들거리
고 등허리로 식은땀이 흐르는 것을 선명히 느낄 수 있
었다.

그러나 말해야만 했다.

현우는 한결 창백해진 얼굴로 사뭇 단호하게 대답
했다.

"죄송합니다."

"으음……."

현우가 약속을 요구할 때부터 짐작은 했던 결과지
만, 짐작을 하는 것과 실제로 듣는 것에는 확실히 충
격의 차이가 있었다. 무엇보다 설마하니 현우가 자신
의 제안을 거부할 것이라곤 생각 못한 중년인이었기
에 자연스레 침음성을 흘렸다.

그로선 어찌 보면 자연스러운 행동이었지만, 그의

일거수일투족에 바짝 긴장하고 있던 현우는 그의 침음성 한 번에 오돌토돌 소름이 돋았다.

그가 믿기지 않는 다는 듯 현우에게 되물었다.

"그 생각… 진심인가?"

그의 되물음에 사지가 떨려왔지만 어둠에 이를 숨기고 조용히 대답했다.

"예."

"그렇다면 마법사를 하지 않을 생각인가?"

그가 서클이 없는 현우의 가슴을 가리키며 말했다.

"저는… 이대로가 좋습니다."

"서클 없이 마법을 사용하는 건 꽤나 힘들고 비효율적인 일이야."

"……."

언령 마법이라면 서클과 무관하게 더 뛰어난 효율을 낼 수 있다는 사실을 아는 현우는 조용히 입을 다물었다.

이런 현우의 반응을 결심을 굳혔다는 의미로 받아들인 중년인은, 처음에 치킨을 꺼냈을 때처럼 허공에서 공책 하나를 꺼내 들며 말했다.

"이런 걸 해낼 만큼 마법을 좋아하는 자네하면 금

방 수락할 줄 알았는데 말이야."

"그건……!"

그의 손에 들린 건 최근 7클래스의 차원 이동 마법진을 고안하기 위해 아주 기초적인 몇 가지 마법진을 그려둔 현우의 공책이었다.

중년인은 정말로 아쉽다는 듯한 표정으로 공책의 페이지를 몇 장씩 넘겨가며 말했다.

"솔직히 이 공책의 내용을 봤을 때 나는 꽤나 놀랐다네."

거침없이 공책의 페이지를 넘기던 그의 손이 멈춘 곳은 약 2클래스 급 마나로도 사용 가능한, 실험용 마나 집약 마법진과 마법 적용 범위를 확대하는 특수한 마법진이었다.

"솔직히… 이런 건 나로서도 쉽게 떠올리기 힘들었던 내용이야."

7클래스 마스터인 그가 이런 비슷한 마법진을 떠올리지 못했을 리가 없었다. 그러니 그가 말하는 것은 그 마법진의 효율이리라.

"나는 여태껏 이런 특수한 기능을 하는 마법진은 당연히 5클래스 이상이나 돼야 구축할 수 있다고 생

각했는데…. 이렇게 간단한 수식 변경과 배치만으로
도 비슷한 효과를 만들어 낼 수 있으리라곤 생각도 못
했거든."

저만한 효율에 놀랄 정도라면, 만약 얼마 전 현우가
연구를 끝낸 6클래스 급 마나로 7클래스 급의 초대형
마법을 발동시키는 마법진을 봤다면 어떤 표정을 지
었을지 상상이 안 갔다.

'그나마 발견한 건 저것뿐인 것 같군.'

연구를 마친 마법진이 그려진 노트는 현재 현우의
가방 속에 있었다. 그런데 가방을 열어본 흔적이 없는
것으로 봐서, 다행히 책상 위에 올려뒀던 저 기초 마
법진이 그려진 공책만 발견한 듯싶었다.

'가져간다고 해도 해독할 수 있겠느냐만은……'

현우가 연구를 끝낸 6클래스의 마법진은 지금 중년
인이 보고 있는 공책의 내용과 달리, 철저하게 암호화
가 되어 있었다.

그 내용을 누군가 알아보고 써먹는 게 두려워서 그
런 게 아니라 평소 수업시간이나 쉬는 시간에도 마법
연구를 하면서도 눈에 띄지 않기 위해 해둔 암호화였
다. 이 암호는 예전 칼롯 코즈너 시절에 사용하던 암

호화 방식을 그대로 적용한 것으로, 다른 세상에선 '코즈너식 암호화'라는 이름으로 마법사들에게 잘 알려진 보안 패턴이었다.

그러나 이곳 세상에는 등장한 바 없는 암호화 방식이므로, 설령 가방 속의 공책이 털렸다고 해도 '칼롯 코즈너'의 이름이 들어간 그것만큼은 안 들킬 자신이 있는 현우였다.

휘릭- 휙-.

"……."

"……."

연신 현우의 공책을 훑어보며 아쉽다는 듯 입맛을 다시던 그는 이내 공책을 접고 현우에게 말했다.

"그럼… 정말 마지막으로 묻겠네. 이 설명을 듣고도 싫다고 한다면… 다음을 기약하기로 하지."

"……."

"마법 연구를 좋아하는 자네라면 아마 굉장히 흥미를 느낄 거라고 장담하지. 조금 전… '세상을 바꾸는 연구'에 대해 자네에게 말했었지?"

끄덕-.

진지해 보이는 그의 말에 조심스레 고개를 끄덕인

현우였다.

그런 현우의 모습을 보며 그는 천천히… 아주 천천히 입을 열었다.

"우리의 연구는… 말 그대로 세상을 바꾸는 연구라네. 사실 자네나 다른 사람들은 체감하지 못할 테지만… 이미 이 세상의 많은 것들이 우리의 연구에 의해 바뀌어 있지."

'이미 바뀌어 있다고?'

하지만 현우가 느끼기에 이 세상에 바뀐 것은 눈에 띄지 않았다.

물론 가장 큰 변화인 마법이 있긴 했지만… 일의 선후를 따진다면 있을 수 없는 일이었다.

마법이 있기에 중년인이 속한 마탑이 있는 것이고, 마탑이 있으니 그가 말하는 실험이 존재하는 것일 테니 말이다.

'무엇보다… 마법이 갑자기 나타난 것은 내가 이곳 세상에서 깨어난 것과 관련이 있는 것 같으니까…….'

아직 확신의 단계도 아니고, 차원 이동을 연구하던 중 부수적으로 얻은 지식을 기반으로 그저 의심만 하고 있을 부분이었다. 그렇기에 가설로조차 그 알고리즘을 설명하기 힘들었지만, 현우는 이곳에 와서 마법을 발견했을 적부터 마법이 생긴 이유와 자신의 상관관계에 대해 의심하고 있었다.

이곳에 마법이 생겨난 이유란 게 어쩌면 대단한 이유가 있는 게 아닐지도 몰랐다. 세상의 법칙과 규칙을 다루는 마법 공부의 정점에 오른 칼롯 코즈너란 존재가 갑자기 이 세상에 나타나자, 갑작스레 유입된 방대한 지식과 법칙에 붕괴되는 것을 막기 위해 세상이 스스로 드러낸 임시방편이 아니었을까 하는 생각을 하고 있었다.

물론 이 모든 내용은 세상 및 차원과 관련한 현우의 몇 가지 가설이 완벽히 맞아 떨어져야만 가능한 내용이었지만 말이다.

어쨌거나 후자의 가설이 진짜냐 거짓이냐의 여부와 관계없이 앞서 말한 마법, 마탑, 실험의 과정을 생각해 볼 때, 그들이 말하는 변화는 마법이 아닐 거라 생각하는 현우였다.

"내가 자네를 간절히 원하는 만큼 이 이상 더 알려주고 싶긴 하지만… 정말 만약에라도 자네가 이 이상을 듣고도 거절을 한다면 곤란해지니 여기까지만 말해주는 것으로 하겠네."

그렇게 말을 마친 중년인의 얼굴은 지금까지 중 그 어떤 때보다도 심각한 얼굴을 하고 있었다. 현우는 그의 굳은 표정에서 위험함을 느끼는 한편, 강렬한 호기심을 느끼고 있었다.

7클래스의 대마법사가 한 말이 허언일 리는 없을 터. 그의 말을 몇 번이고 곱씹어 보건대, 그가 말한 변화의 내용이 절대 시시한 것은 아니리라.

그렇다면 그가 말한 '연구에 의해 바뀐 것'은 대체 무엇이었을까?

"음... 으으음......."

현우의 입에서 절로 침음성이 흘러나왔다.

현우의 몸속, 마법사의 혼이 꿈틀거렸다. 대체 그가 말하는 세상을 바꾸는 연구와 그 결과물이 무엇인지 궁금해서 참기 어려울 지경이었다.

현재의 마법 실력은 떨어질지언정 이 세상의 그 어떤 마법사보다도 많은 마법 지식을 지니고 있는 현우였다.

그럼에도 그 짐작조차 할 수 없는 연구 내용에 몸이

들썩일 지경이었다.

하지만.

현우에겐 언령이 있었다. 그의 스승이 직접 가르침을 내리고 그의 말 하나하나를 교정하여 사사한 최고의 마법인 언령술이 있었다.

비록 지금은 앞에 있는 중년인의 말 한마디 한마디에 몸을 움츠리고 있지만, 1년 후면 그와 동격의 7클래스 마법사가 될 수 있음을 현우는 확신하고 있었다. 때문에 밀려오는 유혹에도 굴하지 않고 다음 기회를 기약할 수 있었다.

"죄송…합니다."

"흐음… 그런가……."

중년인은 그의 말을 들은 현우가 호기심에 몸을 움찔거리는 것을 보고 거의 다 넘어왔다 생각했다. 하지만 고개를 가로젓는 현우의 모습에 딱딱하게 얼굴을 굳히며 큰 아쉬움을 표했다.

인연이 아닌 것은 아닐까, 하는 생각이 그의 머릿속으로 스쳐 지나갔다.

하지만… 겨우 인연 같은 걸 따져 놓치기에 현우의 가치는 너무나도 컸다.

특히나 현우가 가진 성장 가능성을 따지고 본다면 이렇게 허세를 부릴 게 아니라 당장에 빌어서라도… 아니, 그냥 강제로 끌고 가서라도 제자로 삼고 싶은 게 그의 마음이었다.

하지만… 마법이란 단순히 수학과 논리의 학문이 아닌 바, 마음을 갈고닦아 경지에 오르는 공부를 강제로 시킬 수는 없었다. 그는 이내 굳은 표정을 풀고, 부드럽게 현우에게 말했다.

"그래… 오늘 자네의 결정이 그렇다니 어쩔 수 없지. 하지만 단언컨대 자네가 마탑에서 마법을 배운다면, 지금 여기에 그려진 마법진보다 더 엄청난 걸 해낼 수 있을 거라고 믿어 의심치 않네. 자네는 내가 여태껏 봐온 수많은 엘리트들 가운데서도 단연 한 손에 꼽을 수 있는 천재 중에 천재야. 게다가 서클도 없이 3클래스의 마법을 펼칠 만큼, 엄청난 마나의 축복을 받고 있는 마법에 특화된 육체까지 지니고 있어. 오늘은 이렇게 가네만… 나는 언제고 자네를 기다리고 있을 걸세."

그렇게 말한 중년인은 이내 공책을 들어 보이며 현우에게 말했다.

"이건 치킨값 대신 가지고 가도록 하지."

남의 연구물을 맘대로 가져가는 꽤나 뻔뻔한 행동이었지만 현우는 막지 않았다.

그 안에 든 내용이 상당한 고급 테크닉의 결과물이긴 하지만 그 정도로 할 수 있는 것은 그다지 많지 않았다.

'고작해야 지금 사용되고 있을 관련 마법진을 개량하는 정도…. 큰 변화는 힘들 거다.'

머릿속을 타고 흐르는 땀의 불쾌함이 현우의 정신을 흐리게 했지만, 그럼에도 꽤나 정확하고 냉철한 분석이었다.

"아참, 그러고 보니… 아마 조만간 세상에 재미난 일이 일어날 걸세."

"……?"

문득 생각났다는 듯 말하는 중년인의 말이 뜬금없었기에 현우의 얼굴 위로 의문스러운 표정이 떠올랐다.

"후후, 좀 전에 자네한테 해준 실험 얘기가 있지 않은가? 마침 오늘이 실험 결과가 나오는 날이거든. 지금으로도 충분히 성공할 거라곤 생각하지만, 오늘

이걸 가지고 간다면 아마 더 큰 성과가 나오지 않을까 싶네. 오늘 자네가 나한테 준 이 공책 내용대로라면… 지금껏 마법진의 규모를 더 이상 키울 수 없어서 제대로 할 수 없던 마법 실험이 가능해질 테니까 말이야… 그리고 그 결과는 기대해도 좋을 거야."

"……."

'설마… 아니야, 고작 저 정도의 추가 테크닉으로 어떤 큰 변화가 가능하겠어? 저게 대단한 효과를 보려면 최소 한반도 크기의 마법진은 돼야 할 텐데.'

현우는 그가 언급하는 실험으로부터 느껴지는 기묘한 불안감을 떨쳐내고자, 그가 중년인에게 건넨 마법진의 한계를 다시금 명확하게 했다.

그러나… 현우는 몸이 떨리는 것을 도저히 막을 수가 없었다.

그게 자신의 마법진 연구가 보조해줄 미지의 실험 결과에 대한 기대감에서 비롯된 것인지, 아니면 겨우 그런 간단한 것을 가지고 세상의 변화를 호언장담하는 중년인의 마법실력이 두려워서 그런 것인지 현우는 정확히 알 수 없었다.

"만약 세상이 변했음을 느낀다면… 그리고 그 방법

을 알고 싶다면 주저 말고 나를 찾게나. 연락처를 주진 못하지만 자네의 마나를 기억해 뒀으니, 어디든 흔적을 남기면 내가 알아서 찾아오겠네."

현우가 혹여 그가 원함에도 자신을 찾지 못할까 봐 신신당부를 한 중년인은, 이내 마지막 말을 남기고 자리에서 사라졌다.

"그럼, 날 너무 오래 기다리게 하진 말게."

푸슈슛!

그 말을 끝으로 빛 무리에 휘감겨 사라진 그의 마법은 7클래스의 워프 마법이 분명했다.

털썩!

중년인이 완전히 사라진 걸 확인한 현우는 긴장으로 뻣뻣해진 몸을 풀며 바닥에 주저앉았다. 비록 최소한의 안전을 보장 받았다고 하지만 그 전까진 언제, 어떻게, 그의 변덕으로 목숨을 잃었을지 모르는 상황이었다.

그야말로 고양이 앞의 생쥐 꼴이었던 현우가 흘린 땀은 굉장히 많았다.

'기대할 만한 실험인가……?'

천하의 칼롯 코즈너를… 그는 과연 놀라게 할 수

있을까?

'칼롯 코즈너라……'

분명 스스로의 이름인데도 어쩐지 자신처럼 느껴지지 않는… 그런 이름이었다.

자조 섞인 웃음을 지어 보인 현우는 바닥에 놓인 치킨을 바라봤다.

포장조차 열지 않은 치킨은 그새 많이 식어서인지, 아니면 현우의 코가 익숙해진 탓인지 처음과 같은 매력적인 향은 느껴지지 않았다.

하지만.

꼬르르륵-.

"배가 고프다……."

갑자기 격렬한 허기가 느껴졌다.

아직도 긴장했던 손발이 떨리고 축축한 등판이 서늘하다 못해 싸늘했지만, 현우의 배는 격렬한 배고픔을 호소했다.

꼬르륵- 꼬르르르륵-!

위장의 간절한 외침은 현우의 파르르 떨리는 손을 움직였고, 순식간에 치킨의 포장지를 열어젖혔다.

화악-.

다 사라졌다고 생각한 치킨의 향이었건만, 포장지가 열리자 매혹적인 치킨 냄새가 방을 가득 채워나갔다.

꿀꺽.

입맛을 돋우는 강렬한 기름의 향기에 꿀꺽 침을 삼킨 현우는 맨 위에 올라와 있는 닭다리를 집어 들었고, 기다릴 것 없다는 듯이 곧장 살점을 뜯어먹기 시작했다.

우적 우적.

현우는 자신의 텅 빈 위장을 채우기 위해 닭의 가슴을, 날개를, 다리를, 목을 거침없이 물어뜯었다.

죽어 버린 닭을 해체하듯 물어뜯는 현우의 두 눈이 움푹 꺼져 들어가며 검은빛의 구멍으로 화했다.

그런 그의 모습은 그가 칼롯 코즈너가 되기 이전, 그가 너무나도 잘 알던 인물의 모습과 닮아 있었다. 약자 앞에서 포식자의 위엄을 보이고자, 유달리 하얗게 빛나는 날카로운 이빨을 드러내며 살점을 뜯어가는 그의 모습은 흉측하고 기괴했다.

조금 전까지 피식자로서 포식자 앞에 있던 현우였지만 치킨이라는 녀석 앞에선 놈의 살점을 물어뜯는 포식자였다.

우적 우적.

쩝쩝쩝!

끄윽—.

마침내 포식자의 식사가 끝났다.

현우는 잘게 널브러진 닭의 뼈를 모아 포장지에 담았다.

그를 가득 채운 포만감에 현우는 손을 닦는 것도, 치킨 포장지를 치우는 것도 잊은 채, 벽에 기대어 앉아 중얼거렸다.

"칼롯… 코즈너인가?"

그의 움푹 들어가 있던 두 눈 너머로 빛을 잃은 크리스털이 빛났다.

*   *   *

"김현우… 김현우라……."

공책 귀퉁이에 김현우라는 이름이 적힌 것을 보며 중년인이 현우의 이름을 몇 번이고 되뇌었다.

"꽤나 잘 컸군그래."

씨익-.

입이 입꼬리가 길게 늘어났다.

그가 인터넷에서 현우네 체육대회 날 영상을 봤을 때, 얼마나 놀랐던가.

그리고 그의 이름이 김현우라는 것에, 그가 자신이 찾던 사람이라는 것에 얼마나 황당해했던가.

'그때도 평범한 사람보다 많은 마나를 끌어당기고 있어서 꽤나 마나의 축복이 짙은 아이라곤 생각했지만…. 설마하니 의식마법을 사용할 수 있을 줄은.'

의식 마법.

말 그대로 의식만으로 마법을 사용하는 마법의 경지 중 최상위에 있는 테크닉이었다.

보통은 고된 수련 끝에 얻은 깨달음과 방대한 마나를 바탕으로, 스스로의 의지를 마법으로 결정화하는 마법 사용 방식이었다.

그러나 가끔가다 마법사의 재능인 마나의 축복을 아주 강하게 받고 태어난 사람이 강대한 정신력으로 마법을 사용하는 경우가 있었다.

하지만 그렇게 발동한다손 쳐도 1클래스, 내지는 2

클래스의 마법이어야 했다.

그만한 정신력은 평범한 사람은 절대로 가질 수 없고, 천재라 불리는 이들도 함부로 가능하다 말하기가 힘든 바, 현우가 3클래스라는 고급의 마법을 의식 마법으로 펼쳐낸 것은 그날 만났던 녀석들로부터 생명의 위협을 받았던 탓이리라.

그럼에도 3클래스의 마법을 의식마법으로 펼친 것은 대단한 일이지만 말이다.

'그러고 보니 파이어볼 마법이 펼쳐지고도 주변에 흔적이 남지 않은 건 그것 때문이었겠군.'

마나의 축복을 받은 사람은 당연히도 마나에 민감하고, 다루는 센스 또한 범상치 않다.

그렇기에 섬세한 마나 컨트롤로 파이어볼을 펼쳐내어 정확하게 두 사람을 죽이는 데만 사용할 수 있었을 것이다.

'그나저나 굉장한 성장 속도로군.'

전에 보았을 땐 설마하니 의식 마법 사용자라는 생각은 하지 못했기에, 현우의 내부만을 살펴 현우 주변의 마나를 대수롭지 않게 봤다.

그럼에도 오늘 본 현우의 주변에 머무르는 마나양

은 전보다 가일층 진보해 있는 게 확연히 보일 정도였다.

'이 마법진도 그렇고… 정말 어마어마한 재능이야.'

단순히 천재라는 말을 넘어 마법사로선 최고의 자질을 가진 현우의 능력 때문에, 혹시 누군가로부터 마법을 사사 받은 것은 아닐까 생각해 보았다.

하지만 자신을 두고 벌벌 떠는 모습을 봤을 때, 그럴 것 같지는 않았다.

무엇보다 오늘 그가 발견한 새로운 마법진, 그리고 이젠 옛날 마법 관련 서적에서 기록으로나 찾을 수 있는 '약속'을 언급한 것을 봤을 때, 현우는 오래된 마법 관련 서적이나 인터넷의 도움으로 혼자 마법을 공부한 게 틀림없었다.

최소한 그가 보기에, 현우가 최근 마법의 트렌드를 잘 알고 있는 것 같지는 않았으니 말이다.

그러나 그런 구닥다리 정보로 독학을 한 마법사였기에 더 좋았다.

오늘 그의 제안을 거절한 것은 의외였지만, 그가 보기에 현우는 천생 마법사였다.

오늘 그가 던진 떡밥에 몸을 움찔거리던 것만 봐도 확실히 알 수 있었다.

그의 마법이 벽에 막힐 때면, 그리고 그가 뿌려놓은 떡밥이 현우의 머릿속을 휘저을 때면 탐구욕에 자신을 찾을 수밖에 없을 것이다.

'녀석의 능력을 보건대… 그리 멀지 않을 테지.'

어차피 세간에 나와 있는 정보로 오를 수 있는 한계는 명확한 바. 현우가 자신이 접할 수 있는 모든 정보들을 탐닉하고 그에게 오기까지 그리 길지 않을 게 뻔했다.

그의 얼굴에 흡족함이 서렸다.

그때, 그의 뒤에서 하얀색 연구원 가운을 입은 사람이 나타나 그에게 말을 걸었다.

"부탑주님. 부르셨다고 들었습니다."

"그래, 잘 왔네."

하얀 가운의 사내를 보며 흐뭇한 미소를 지어 보인 그는, 손에 쥔 현우의 공책을 들어 아까 그가 발견한 부분들을 보여줬다.

"이게 뭔지 알겠나?"

"……이건?"

중년인이 가리킨 부분을 뚫어져라 바라보던 가운을 입은 남자는 놀랍다는 듯 부릅뜬 두 눈으로 오히려 중년인에게 물었다.

"이, 이걸 어떻게 얻으셨습니까?"

"응? 후후후… 글쎄, 몇 년 전에 심어둔 나무에 열매가 달렸기에 조금 따온 것뿐일세."

중년인은 의뭉스러운 웃음을 지어 보이며 가운 남자에게 말했다.

"뭐, 조만간 여기서 보게 될 테니 소개는 그때 하는 것으로 하지."

"……네, 알겠습니다. 그럼 이 내용은……?"

"곧바로 적용시켜. 오늘 내로 가능할 테지?"

"음… 달이 떠 있는 동안 가능할 것 같습니다."

잠시 고민을 하던 가운의 남자가 대답을 하자 중년인은 만족스럽다는 듯 웃어 보이며 남자에게 말했다.

"그래? 그럼 완성되자마자 바로 가동시켜."

"넷? 하지만 조금 안정성 검사를 하는 게…….."

"흥, 어차피 오늘이 가면 다시 최적화된 달이 뜰 때까지 강제로 안정성 검사나 할 수밖에 없잖나? 그냥 오늘 해버려."

"음, 알겠습니다. 그럼 바로 가서 적용하겠습니다."

"그래그래."

탓탓탓!

가운 남은 중년인의 말을 완전히 납득했다는 듯, 더 이상 의문을 달지 않고 빠르게 사라졌다. 그의 뒷모습을 보던 중년인은 이내 창가로 다가가 달을 올려다보며 중얼거렸다.

"후후…. 너무 오래 기다리게 하지 않았으면 좋겠어…. 정말로 말이야."

그가 올려다보는 달이 새파랗게 빛났다.

*   *   *

대한민국 모처에 위치한 제2 국가정보원의 한 안가.

그곳에는 복잡한 시선으로 컴퓨터 모니터를 뚫어져라 쳐다보고 있는 한 남자가 있었다.

'CG가 아니야… 그렇다고 촬영 과정의 오류는 더

더욱 아니니…….'

"후우~."

끼이익-.

한숨을 쉰 남자의 넓은 등판이 의자에 등받이에 기대어지자, 오래된 의자가 신음을 흘렸다.

"역시 마법인가?"

그는 자신이 말해놓고도 골치 아프다는 듯 관자놀이를 엄지로 꾹꾹 누르더니, 이내 책상 옆에 놓인 서류철을 집어 들었다.

"김현우… 김현우라."

그 서류철 속 문서에는 영상 속 주인공인 현우에 대한 내용이 빼곡하게 적혀 있었다.

현우의 왕따 생활은 물론이고 가정사, 새엄마와 여동생간의 불화, 최근 현우가 벌인 각종 활약상, 그리고 그를 보는 동네 사람이나 학생들의 변화부터 최근 SNS에 퍼져 나가는 관심의 정도까지 없는 게 없었다.

남자는 손에 들린 서류를 유심히 지켜보는가 싶더니, 이내 옆에 놓인 펜으로 내용에 밑줄을 긋기 시작했다.

처음에는 현우의 아버지와 관련한 내용이었다.

그는 매달 꽤 많은 돈을 현우의 새엄마에게 송금하고 있었다. 하지만 부하들을 시켜 조사해본 바에 따르면, 현우의 아버지가 어디에서 무슨 일을 하는지는커녕 그의 용모파기에 관한 것조차 찾을 수가 없었다.

국민의 모든 정보를 전산화해둔 대한민국에서, 이런 미스터리한 인물이 존재한다는 것은 그로선 납득이 가지 않았다.

게다가 대외적으로 알려진 보통의 국정원과 달리 마법과 관련한 일에 투입되는 제2 국정원의 정보력은, 단순히 몸으로 정보를 캐오는 제1 국정원에 비해, 압도적으로 뛰어났다.

그런 그들임에도 현우의 부모님, 특히 아버지에 대해서는 알 수 있는 게 전혀 없었다.

'그에 대해 알아내기 위해 몇 년 전 CCTV 자료까지 모두 찾아봤지만… 대부분 파일이 손상되어 있거나 간혹 얼굴이 찍혀 있는 것들은 이상하리만큼 화질이 떨어지는 것들뿐이었지.'

아득-!

그는 손에 쥐고 있던 펜의 꽁무니를 입에 물었고 심

각한 표정으로 문서를 내려다봤다.

그리고 펜을 들어 한 부분에 동그라미를 그리며 중얼거렸다.

"이건 아무래도 직접 물어봐야겠지…. 마법에 대해서도 그렇고 말이야."

그의 손에 들린 문서 속, 동그라미로 강조된 '출생불명'이란 네 글자가 유달리 도드라져 보였다.

〈『언령의 주인』 3권에서 계속〉

언령의
주인

1판 1쇄 찍음 2015년 6월 18일
1판 1쇄 펴냄 2015년 6월 23일

지은이 | 진 솔
펴낸이 | 정 필
펴낸곳 | 도서출판 **뿔미디어**

편집장 | 이재권
기획 · 편집 | 안리라

출판등록 | 2002년 9월 11일 (제1081-1-132호)
주소 | 경기도 부천시 원미구 소향로 17번길(두성프라자) 303호 (우)420-864
전화 | 032)651-6513 / 팩스 032)651-6094
E-mail | bbulmedia@hanmail.net
홈페이지 | http://bbulmedia.com

값 8,000원

ISBN 979-11-315-6525-4 04810
ISBN 979-11-315-6523-0 04810 (세트)

※파본은 구입하신 서점에서 교환하여 드립니다.

※이 책은 (도)뿔미디어를 통해 독점 계약되었습니다.
저작권법에 의해 보호를 받는 저작물이므로 무단 전재와 무단 복제를 엄금합니다.

http://www.bbulmedia.com

http://www.bbulmedia.com